TENERIFE
ISLA DE AMORES

MARÍA RAMOS SUÁREZ DE PUGLISI

www.trafford.com/4501

Para Norteamérica y el mundo entero
llamadas sin cargo: 1 888 232 4444 (USA & Canadá)
teléfono: 250 383 6864 ♦ fax: 250 383 6804
correo electrónico: info@trafford.com

Para el Reino Unido & Europa
teléfono: +44 (0)1865 487 395 ♦ tarifa local: 0845 230 9601
facsímile: +44 (0)1865 481 507 ♦ correo electronico: info.uk@trafford.com

10 9 8 7 6 5 4 3 2

DEDICATORIA

Para mis padres queridos Antonio y Herminia,
con amor y dedicación.

INDICE

PROLOGO

Algunas veces sentí el deseo de escribir, llegó el momento que me decidí.

Quise hacer una comedia alegre y graciosa para reír, y al no tener presente lo que quería decir, me salió un romance, de un pintado y enamorado doctor.

Es la historia que en este pueblo llegó alegre y con ilusión para empezar su carrera, sin pensar que estaba llena de mujeres casaderas.

Este gentil caballero, apuesto médico y dedicado, que sin querer ha logrado conseguir en este pueblo lo que él no había esperado.

Pues al no tener esta pobre escritora el talento que hace falta para componer la farsa y reír en toda ella, traté de describir lo que a mí me pereció que yo podía decir, pues no todo está bien claro.

El mítico caballero del cual todas se enamoran y que dice que es soltero.

Ellas creen en principio que es más fácil atrapar; pero resultó imposible, él no dejaba aproximar a unas cuantas atrevidas que pretendían con sus mañas enamorar.

Llegar hasta el corazón, pues una de ellas trató de conquistarlo con Ron.

Otra bailando anheló y tampoco funcionó.

Sólo había una en el pueblo que lo podía lograr.

Carmencita como era bella tenía varios galanes que por ella daban el alma y el doctor con ellos se vio obligado de enfrentar.

Y así sin mucho esfuerzo lo pudo enamorar, ella poseía una dulzura que a las otras le faltaba para poderlo emocionar.

Pues el amor no tiene precio como quisieron algunas, con sus riquezas comprar.

La bella Carmencita en ningún momento trató, y el apuesto doctor de ella se enamoró.

Sin pensar así logró lo que a las otras no le funcionó.

Doy gracias a mis lectoras y espero que les sirva, con un poco de paciencia y que disfruten mi obra pues no será la mejor pero si puedo decirles que en ella;

¡Yo puse mi corazón!

En una isla paraíso, llena de palmeras, árboles milenarios, playas, pájaros, la flora y la fauna deseada y admirada por el humano; donde hay aire puro que respirar, largas tardes de verano calurosas, y que llegan casi hasta la media noche; donde los jóvenes salen a pasear todas las tardes, cantan y ríen después del trabajo, la vida parece menos sacrificio y más placentera.

Ahí está un pequeño pueblo agrícola, rodeado por el mar, el sol y lleno de alegría.

Llegó un joven médico recién graduado con todas las ilusiones para comenzar su nueva carrera, bien elegante, agraciado, pelo negro, alto, ojos oscuros y delgado, ¿Qué le faltaba? ¡La novia!

CAPITULO 1

EL DESAYUNO CON EL MÉDICO

*I*nmediatamente después que llegó el doctor a la comarca, comenzó el vaivén de comentarios entre todas las hermosas mujeres pueblerinas, pues había llegado el joven galán, adecuado, justo como le hubiera gustado a cualquiera de aquellas bellas mozas, que para la época eran ricas; sus padres poseían terrenos suficientes para sembrar patatas, (excepto Lourdes), y que algunas habían llegado a una edad madura suficiente para considerarse solteronas por no encontrar alguien que como ellas también fuera rico, o con una buena carrera de que disponer para un buen vivir, sin problemas y de acuerdo a las pretensiones y ambiciones a las cuales ellas aspiraban.

Lo primero que hizo el doctor fue ir a visitar la Iglesia, ahí conoció al señor cura.

El señor cura, al oír que el joven es un médico, se quedó contento y exclamó todo emocionado.

-¡Que maravilla!, eso es lo que necesitábamos, un joven médico que pueda ir a visitar los enfermos a sus casas, en un momento de necesidad; que suerte que hemos tenido, ¡Gracias a Dios!

El cura quedó encantado, pues era necesario un médico más para la poblacion que había en ese momento, ya había un médico en el pueblo y era anciano.

El domingo antes de la ceremonia religiosa, el cura presentó al doctor a todos sus parroquianos, dio la bienvenida a un nuevo miembro de la Iglesia y de la comunidad.

Cuando dijo que el joven es un médico, casi todas las mujeres solteras lo miraron al mismo tiempo, se quedaron prendadas al verlo tan elegante y apuesto, comenzaron a preguntarse unas a otras si no estaba casado, pues el hecho que sea un joven soltero es lo mejor que podía haber pasado.

Como es normal en un pueblo pequeño, las parroquianas están pendientes de cualquier novedad y forman una intriga entre ellas, contándose las historias y los parabienes que suceden en la comarca.

Había muchas mujeres solteras, y cada vez que había una noticia, no tardaba mucho en saberla todo el vecindario, se la pasaban indagando entre ellas para ver en donde había alguna novedad y esta no era una fábula cualquiera, era verdaderamente un grande acontecimiento, por el cual se podían todas las jóvenes interesar.

A la salida de la Iglesia, la mayoría de las familias fueron a saludar y presentarse al doctor con toda amabilidad.

También presentaron a sus hijas e hijos, a la familia del doctor, pues a él también lo acompañaban su madre y dos hermanas.

La madre, las hermanas y el doctor, se quedaron maravillados de la acogida que el pueblo les había ofrecido, -el señor cura dijo-

Sería bueno hacer un desayuno donde asistan todos los parroquianos, para homenajear al doctor y a su familia, dar la bienvenida y las gracias por haber escogido nuestro pueblo; pues en muchos años es el mejor regalo que hemos tenido, y al mismo tiempo que conozcan al doctor para cuando necesiten sus servicios.

El domingo siguiente después de la misa, como era costumbre la mayoría de las veces, si había alguna celebración, era en la escuela que se reunía toda la comunidad, la cuál estaba a pocos pasos de la Iglesia.

Los parroquianos creyeron llevar todo lo necesario para el desayuno, pues como es normal, ¡No lo iba a poner el cura! todos estaban felices y contentos, demostraron su alegría y generosidad, por eso llamaron a la señora Remedios, quien se encargó meticulosamente y con todo cuidado de remediar la situación y repartir la tarta.

Esta señora ya poseía fama de buena repartidora, como era generosa lo hizo tan bien, que todos quedaron... casi... contentos.

Y otra vez, ahí no faltaron las presentaciones y las amabilidades con el doctor por parte de las parroquianas.

Algunas de las jóvenes estaban desesperadas por saber algo sobre la vida del doctor.

Rápidamente para desatar la intriga que se había formado entre todas ellas, con la gentileza que las caracteriza, sin esperar mucho, directamente le preguntaron si estaba casado, a lo cual el doctor siendo que es un joven, respondió con timidez, ¡No...! ¡No, todavía no!

Un poco nervioso y sorprendido, pues todas lo miraban al mismo tiempo como si se lo quisieran tragar con los ojos, se sintió cohibido e intimidado, mismo que él se creía un gran conquistador, las pueblerinas lo dejaron corto de palabra, por la agresiva interrogación del cual estaba siendo objeto.

El doctor no esperaba esta intromisión al improviso, todavía acabado de presentarse en el pueblo y sin darle la oportunidad de mirar si había alguna que pudiera interesarle.

Al decir que no, fue más grande aún la curiosidad; Pepita le quería quitar el puesto a Lourdes, se ponía delante y con insistencia comenzó a preguntarle.

-¿Y tiene novia doctor?

Él, trató de esquivarse de nuevo, -diciendo-

-Este es un bonito pueblo soleado y agradable, le doy las gracias a toda la comunidad por la acogida que nos han brindado a mí familia y a mí; estamos muy alagados de la generosidad, gentileza y amabilidad de todos los parroquianos.

Pero a esas palabras del doctor, ellas no le dieron mucha importancia, lo único que querían saber, es si está, o no está, comprometido, o si es que tiene novia y continuaron preguntando.

Pepita, con insistencia exclamó y le preguntó de nuevo.

-!Y usted va a buscar novia aquí en el pueblo doctor?

-¿Y todavía no conoce a las más interesantes del pueblo? Quiso saber Lourdes.

El doctor cambió de semblante, en lugar de reír como había hecho hasta el momento, se puso serio, un poco incomodado y desagradado a la vez; no queriendo defraudar a ninguna, justo acabado de presentarse en el pueblo; no podía esquivarse por el interés que habían puesto en él, y no le convenía aparentar como una persona desagradable, esta vez no se pudo escapar, pues todas lo rodearon y lo miraban con insistencia y la boca abierta, esperando por una respuesta segura, y con mala voluntad el doctor volvió a replicar.

-Bueno... hasta ahora no he encontrado la joven que me guste... y no he podido buscar por no descuidar los estudios; pero ahora tengo un poco más de tiempo y... ya veremos., y terminando dijo riendo.

-Pues ya me doy cuenta, que en este pueblo, hay bastantes bellas jóvenes...

Todas sonrieron al mismo tiempo, no lo dejaron ni siquiera terminar la frase, algunas cacarearon haciendo creer que la galantería que dijo el médico, haya sido dirigida para cada una en particular; ya el doctor acaba de darles la ilusión y la esperanza que estas jóvenes estaban buscando. El doctor se despidió rápidamente sin dar tiempo a más preguntas, y se fue sin decir nada más.

Después de las despedidas, comenzaron todas a decir lo simpático y sincero que les resultó el médico; no se dieron cuenta ni siquiera que el doctor se fue desagradado y escapando de el acoso en que se vio metido sin querer.

A estas jóvenes lo más que le interesó es que él mismo dijo que no estaba casado.

Esto para las jóvenes parroquianas ha sido una gran sorpresa, fue lo más bonito y agradable que podía haberles dicho el doctor, a todas estas enamoradas pueblerinas, que de inmediato vieron en el nuevo llegado, al galán ideal; pensaron que era fácil atrapar; para todas las que pretendían interesarlo se llenaron de fantásticas ilusiones y alegría a la vez, algo que no fue malo para él; inmediatamente el doctor consiguió pacientes y poco a poco, se le fue disipando el sofoco que le había entrado apenas llegó.

Después de la presentación, había una curiosidad desesperante en todas las parroquianas; durante una semana todas se reunieron y estuvieron pensando de que manera podrían acercarse al doctor para que él se interesara en ellas; había más de una que a toda costa quería emprender una carrera desesperada para ser la primera; algunas trataban de separarse del grupo de las compañeras con la intención de poder hablar a solas con él; además muchas de las jóvenes vieron una grande oportunidad para la más que tuviera éxito, pues sólo podía ser para una.

Por eso emprendieron una desmesurada e inaudita competición, donde quiera que lo veían se aproximaban para tratar de interesarlo.

Todas estaban deseando ser la primera a la cual él se dirigía, más de una trató de abordarlo en cualquier ocasión que se le presentaba.

Cuando lo encontraban en la calle no perdían la oportunidad de mostrarse amables, e invitarlo a las fiestas que celebraban y organizaban en sus casas especialmente para él, justo con la intención de enamorarlo.

El médico estaba tan entretenido que su tiempo libre lo tenía totalmente absorbido, también en el pueblo había conseguido amigos que lo llevaban por todos sitios.

El nuevo arribado no había pensado, ni estaba interesado, de emprender una búsqueda inmediata para conseguir novia; todavía estaba joven y pensaba que podía disfrutar de su vida con todo el tiempo por delante y sin ningún apresuramiento.

Él, se dio cuenta de la expectativa que había despertado en el pueblo; pero no se preocupó mucho por lo que pensaban las mujeres que lo pretendían, el doctor creyó que a ellas también les gustaba la amistad y la compañía, no se imaginó si esto podía acarrearle problemas.

CAPITULO 2

LAS PARROQUIANAS

COMIENZAN A PERSEGUIRLO

*D*espués de haber pasado varios meses desde que llegó el doctor al pueblo, ninguna lograba entretener una amistad en particular.

Ya todas habían tratado en la plaza, o cuando lo veían por la calle, pues el doctor las saludaba amablemente a todas por igual.

Al salir los domingos de la Iglesia, las jóvenes lo rodeaban preguntándole todo tipo de inimaginables curiosidades.

Él, se limitó a ser gentil y amable con todas, y a reír en toda ocasión sin ninguna excepción; todas eran amigas y comentaban juntas lo bello e interesante, agraciado y galante, que es el joven médico.

Visto que había pasado un cierto tiempo y no conseguían alguna otra manera de acercarse un poco más al doctor, como para tener una amistad más intima y lograr interesarlo para enamorarlo, el domingo cuando se reunieron todas las jóvenes en la plaza, Laurita comentó.

-Me parece bien extraño, que el nuevo parroquiano y agraciado doctor, siendo que está soltero, no se haya dirigido a ninguna de nosotras, vamos a tener que inventar algo para ver si se decide por alguna, pues seguro que si no tiene novia debe estar mirando cual es la más bonita; es posible que sea un poco delicado, porque como ya él dijo tiene que encontrar una a su gusto.

-¿Será posible?; -dijo Ángeles- que aquí entre todas las habitantes de ésta comarca, no haya ninguna joven que le guste al doctor, también puede que sea un poco tímido y no se atreve a declararse.

-Si. Si -dijo Isabel- yo creo que es muy tímido, yo por ejemplo he querido hablarle en varias ocasiones, parece que siempre está distraído, ocupado, o se quiere escapar sin darme la oportunidad de entablar una conversación, se pone a mirarme como si estuviera interesado; pero apenas me saluda dice dos o tres palabras y se va de inmediato.

Lourdes, como lo suyo siempre se trata de dinero y siempre pensando que es a ella que el doctor va a elegir, -propuso-

-Sería bueno ponernos de acuerdo y hacer una colecta, para dar un premio a la que obtenga este privilegio, tendremos que ser las mujeres que tienen que tomar la iniciativa con él, para ver cual será la que lo logra, porque ¡Está bien difícil Pepita, suspirando toda emocionada, -exclamó-

-¡Yo con él! Tengo más que suficiente como premio.

Las otras -dijeron- todas al mismo tiempo.

-Pues tú vas a ver que no va a ser para ti.

Lourdes, de inmediato -contestó-

-Pues no se molesten mucho, pueden estar seguras que es de mí que se va a enamorar, ¡Cuando vea lo ricos que somos.

¡Ya verán! y de esta manera comenzaron a pasar por el consultorio del tan agraciado y apuesto joven.

¡Don Segismundo!; que así se llama el gallardo, y recién graduado Galeno.

Así se formó una competición entre todas las mujeres que pretendían al doctor, para ver cual era la que conseguía enamorar al difícil caballero.

Una de las primeras en tratar de enamorarlo, como siempre quiere ser la primera en todo, es la señorita Pepita, por miedo que Lourdes se adelante, demostraba un desespero y una impaciencia que la enloquecía, además la habían desafiado diciéndole que no va a ser para ella.

Pensó que era necesario hacer cualquier cosa antes que las otras, Pepita se creía bella y le gustaba demostrarle a sus amigas que era la más valerosa, hacerle ver que era la mujer más interesante y que lograba lo que se proponía.

La pretensión la llevó a pensar que tiene que arriesgarse y decidirse, adelantarse a las amigas y tratar ella primero para enamorar al doctor.

Esta señorita era pequeña, un poco pasada de peso, y creo que no había conseguido con quien casarse, no solo por ser pretenciosa, pues tampoco era muy bien parecida, cuando había algún joven en el pueblo con las condiciones y las pretensiones que ella quería, el ya tenía otra un poco mejor agraciada.

Pepita era de anchas caderas y caminaba dando pequeños pasos, ladeándose de un lado a otro para hacerse un poco más fina.

Sus amigas la llamaban Pepita, pero su nombre era Casandra, y un nombre así tan desproporcionado para una joven, a ella no le gustaba, y desde que estaba en la escuela varias se reían y a Pepita le molestaba, a algunas de sus compañeras le pareció más fácil el diminutivo de Pepita.

Casandra, estaba atormentada, pasaba continuamente delante de la casa del doctor, para ver si el la miraba, con la intención de saludarlo y hacer una mistad con él lo más pronto posible; solamente pensar que Lourdes se podía adelantar y con sus riquezas llevarse a don Segismundo, esto no la dejaba dormir, quería ser ella a toda costa la elegida por el médico, no sólo porque estaba enamorada de el joven más interesante que había llegado al pueblo; sino también porque había una porfía y quería demostrar a las otras que era ella la más bonita del pueblo, estaba acostumbrada a hablar ella la primera y más alto para ser oída, quería ser la más importante y pretendía que si don Segismundo miraba a alguna, debía de ser ella y no a las otras.

Ya la mayoría de las jóvenes tenían los pasos del doctor controlados, todas sabían donde iba, cuando salía y a que hora regresaba.

Segismundo, ignorando toda esta confabulación que habían formado las mujeres del pueblo a sus espaldas, justo con el propósito de apropiarse de él, tratar de enamorarlo y llevárselo, si no era posible de otra manera, aunque sea por la fuerza.

Una de ellas, la señorita Ángeles, se le ocurrió ir a casa de una tía que vivía justo en frente de la casa del doctor, con unos prismáticos estuvo mirando dentro de su casa.

Ángeles también estaba considerando ir a su consultorio, le parecía un poco aventurado, comprometedor, y hasta indecente; pero había en ella el mismo temor que experimentaban todas sus amigas, y sentía miedo que las otras se adelantaran, ya había llegado hasta la puerta y no se atrevía a entrar.

Cuando Ángeles les dijo esto a las otras amigas, que ya lo había visto dentro de su casa, caminando sin camisa y con unos calzoncillos.

Todas comenzaron a desesperarse, y antes de lo que ellas habían pensado, emprendieron una búsqueda para encontrar la manera de atraer la atención del doctor, lo más pronto posible.

Pepita cuando oyó esto, casi se puso a temblar.

-¡Que contrariedad! -Se dijo Pepita a si misma.-

-Yo quería ser la primera, y ya Ángeles ha encontrado una manera de hablar con él, pues tiene una ventaja encima de todas las demás, al tener una tía justo vecina del doctor.

Ángeles, mismo que no se atrevía a entrar y como ya lo había visto dentro de su propia casa, preguntó a su tía si necesitaba aunque sea un pimentón, para tener una excusa e ir a preguntar a casa del doctor; o cualquier cosa, no importa cuál, para tener una disculpa y ver si es él que abre la puerta.

Pepita estaba inquieta, después de reflexionar que es lo mejor que podía hacer para hacerse inmediatamente amiga de don Segismundo y hablar con él, solamente ella sin que las otras estuvieran presentes.

También Pepita pensó, que el único sitio más apropiado no podía ser otro que en su consultorio, era la más atrevida y al no encontrar otra solución, Pepita fue la primera en decidirse, queriendo intentar e ir a visitar al doctor, pero no estaba enferma.

Se le ocurrió que podía ir a verlo, y decirle que sentía un malestar cualquiera; el doctor tendría que averiguar cuál era su enfermedad, así era más fácil entretenerlo durante un tiempo y entablar una amistad un poco más intima que lo que solía ser cuando la saludaba junta con el grupo de las desesperadas.

Pepita creyó que el doctor le dedicaba más atención a ella

que a las otras, pues cada vez que se le acercaban todas en la plaza, Pepita, como era más pequeña, se ponía delante y trataba de ser la que hablaba con él; cada vez que el doctor decía alguna palabra, era ella la que contestaba, de todo lo que él decía, se reía como si fuera una gracia que él le dedicaba exclusiva para ella, y es por eso que el doctor le hablaba más tiempo a Pepita que a las otras jóvenes; estaba totalmente ilusionada, decidida, y creída que el doctor estaba enamorado de ella.

Pepita lo que quería es que él la invite para salir a bailar.

-Si lo llego a lograr -hablaba consigo y se repetía continuamente- las otras se van a dar cuenta que es a mí a quién eligió, se van a morir de rabia; pero no lo van a molestar más, porque aquí estoy yo para protegerlo.

Ésta imaginación, y el propósito de lograr lo que ella quería, le dio valor a Pepita y así decidió ir a verlo de una buena vez en su consultorio.

Ya estaba todo preparado y pensado de que manera podía entretener al doctor, no se había dado cuenta que tardó mucho tiempo en decidirse, le dijo a las otras lo que pensaba hacer y le pidió consejo, ya estaba todo decidido; Pero cometió un error y dejó que se le adelantara otra antes que ella, la señorita Lourdes, una grande pretenciosa, porque era la más rica del pueblo, se lo decía a todas y tenía razón.

CAPITULO 3

DON RICARDO SE HACE RICO

El padre Lourdes, don Ricardo, había hecho fortuna de una manera que ni el mismo se lo pensó.

Puso en el pueblo un pequeño empaquetado de bananas para la exportación, empleó todas las personas que en aquel momento estaban sin trabajo debido al malestar que había causado la guerra y también al alejamiento del pueblo y de la Isla de cualquier tipo de industria, esto fue un milagro para don Ricardo, la necesidad de la gente los obligó a trabajar por lo que fuera, don Ricardo no le pagaba a sus empleados, ni para vivir.

Como casi todo el beneficio del trabajo que hacían cientos de personas se lo ponía el señor Ricardo en su bolsillo, en poco tiempo tuvo suficiente dinero para poner otro empaquetado de tomates para la exportación, esta vez en el sur de la isla, ahí empleó más gente aún y chóferes para transportar los tomates en camiones desde Guía de Isora, unos ochenta kilómetros de distancia, que para la época era el doble, por las carreteras encorvadas y accidentadas de que disponía la Isla, hasta el puerto de santa cruz.

Estas personas estaban fuera de su casa, lejos de su familia, e imposibilitados de dormir, comerse un plato de comida caliente, o una ropa limpia.

Cuando llegaban al puerto pedían en la oficina de la empresa cinco pesetas, para tomar un café caliente y un pedacito de pan, después de pasar una larga noche en vigilancia, esperando para mover el camión a medida que iban descargando los tomates en los barcos, sin comer y sin dormir, de nuevo emprendían rumbo al sur, al llegar al empaquetado apenas les quedaban unas horas para descansar o dormir, pues ya tenían otra carga preparada; de esta manera el obrero se veía obligado de pedir otras cinco pesetas, para volver a poner alguna miseria de comida en su estomago.

Y así pasaron los tres meses de recogida de tomates, al llegar al pueblo la mujer y los hijos esperaban con la boca abierta, para que el padre llevara dinero y comida a la casa.

El obrero se baña se prepara y va contento a la oficina, a cobrar el sueldo que le pertenece.

Después de haber pasado tantas calamidades durante tres meses, se sienta en la oficina delante del don Ricardo, esperando llevar a su casa y a su familia, el fruto de un largo sacrificio; don Ricardo se ríe a grande boca, se le queda mirando y le dice.

-¡Inocencio! ¡Tú no sabes todo el dinero que has pedido!

-Pues si yo fuera malo y te fuera a cobrar, tendrías que trabajar tres meses más, porque le debes a la empresa más dinero de lo que trabajaste y de lo que te pertenecía cobrar.

De esta manera el pobre Inocencio, se fue a su casa, con las lágrimas en los ojos, enfermo del estomago por el mal vivir que había tenido durante tres meses, mal comer y sin dormir y sin un céntimo en el bolsillo.

Y es por eso que don Ricardo, y su hijita Lourdes, eran los más ricos del pueblo.

La preciosa Lourdes esperaba que cuando el doctor supiera que ellos tenían dinero hasta para comprarlo a él, no iba a vacilar ni un instante para pedirla en compromiso.

Lourdes pensaba que con sus riquezas podía comprar el amor del doctor; pero el doctor, un joven empezando a vivir su vida de adulto, creía en el amor, esperaba encontrar una joven que le gustara de verdad y enamorarse apasionadamente, no estaba pensando en dinero, buscaba la pureza y el amor verdadero.

Lourdes no era fea, aunque pretenciosa; pero ya había pasado su tierna juventud, había entrado en la madurez y tenía unos cuantos años más que el doctor, por esta razón le resultó imposible atraer la atención de don Segismundo, y siempre pensando que como era rica, lo tenía todo arreglado.

Lourdes también era de las que lo trataban de abordar en la plaza, ahora quería ir en su consultorio para hacerle ver al doctor que ella es una buena ocasión para él hacerse rico.

Al decir Pepita que ella iba a ir al consultorio del doctor, Lourdes de inmediato vio la oportunidad al igual que había dicho Pepita, una ocasión de hablar con el doctor ella sola, y así tener la posibilidad de invitarlo a su casa. Lourdes comenzó a preparar lo que ella creyó, la conquista de su vida; ya estaba decidida y de pronto pensó.

-¡Hay! Aunque sea un poco más joven que yo; pero estoy segura que soy yo la que le va a gustar, será a mí a la que va a elegir, lo voy a invitar a mi casa, ¡Cuando vea lo ricos que somos! no se va a dar ni cuenta si yo tengo siete u ocho años más que él, o... si se da cuenta, no le va a tomar importancia.

-Seguro que va a venir a pedir permiso a mis padres para hablar conmigo, pues él será doctor; pero está en una casa de alquiler, lo cual quiere decir que no es rico y además, ¡Yo soy preciosa!

-Y Pepita que se cree que el doctor se va a enamorar de ella, !ja! con la panza y el trasero que tiene que no puede caminar; está pensando que ella le va a gustar al doctor, cuando ya el dijo que tiene que conseguir una que le guste; seguro que quiere encontrar una fina y elegante así como yo, por lo visto el doctor es de buen gusto, se ve que es una persona... !Así tan refinado!; ¡Es bien delicado! Casi se parece a mí, que bien, nos parecemos los dos, vamos a ser una bonita pareja, porque yo también soy fina, a mí... !Me gusta todo lo bueno!; ya bastantes jóvenes me han dicho que soy bonita, lastima que no sean los que yo quiero, porque la mayoría de los que me han pedido que sea su novia, saben que yo soy rica; no tienen nada de que disponer para vivir y sería yo la que tiene que ocuparse de proveer las necesidades familiares. -Y después se preguntó Lourdes.

-¡Hay, Pero que le voy a decir al doctor?

-Si es que yo nunca me enfermo, casi... desearía estar un poquito mal, aunque sólo sea para tener una excusa. -Después reflexionó y dijo.

-¡Oh no! Si ve que yo soy enferma no le voy a gustar, deja que vea que las demás están mal, yo no quiero decirle que estoy enferma, porque estoy segura que Pepita ya fue a visitarlo, y ahora todas están tratando de ir a su consultorio para enamorarlo, seguro que alguna de ellas debe estar enferma, Pepita es la más atrevida, ahora quiere ser la primera en ir al consultorio del doctor, y siempre es ella que quiere ser la primera en todo... ¿Porqué quiere ir a verlo? !Sabe dios!; ¿Será que está enferma? -Se preguntó Lourdes.

Al mismo tiempo pensando en como abordar la conversación en el consultorio, se le ocurrió algo.

-¡Hay... y que le digo! ¿Lo de la oreja?

Y decidió decirle al doctor sobre un defecto que tiene en una oreja, porque estaba encaprichada y trató en todo momento de ocultar el defecto.

Ya ella sabía que no se podía hacer nada, pues era solo una cuestión de niña mimosa, sus padres desde que estaba pequeña había tratado de solucionar el problema para contentarla, y no lo pudieron lograr.

Lourdes ilusionada, pensando que ese es un buen pretexto para entretener al doctor, -siguió hablando consigo-

-Le voy a decir que es lo que puede hacer para ponerme la oreja derecha.

-Se detuvo un poco y en medio de risas dijo.

-¡Yo sé que no lo va a conseguir!, y de todas maneras, no es una enfermedad.

De pronto exclamó en voz alta.

-Seguro que no va a saber que hacer ¡hay! pero... si me lo llega a poner bien, Sería un milagro.

Y Lourdes sola bailando, dando vueltas a la redonda con los brazos en el aire delirando, y sin darse cuenta saltando, como era su costumbre continuó disparates soñando.

-Voy a tratar de ir todas la veces que pueda para tomar una confianza con él, así tengo una excusa para enamorarlo y que se case conmigo, por lo menos no van a estar las otras presentes para importunarme, y le voy a poder decir todo lo que yo quiero; pero tiene que fijarse solo en mí y voy a tener la oportunidad de invitarlo a mí casa.

Lourdes, después de arreglarse con sus mejores galas, llegó al consultorio y esperó, cuando le tocó entrar el doctor la saludó amigablemente, algo que Lourdes no esperaba y que las palabras de don Segismundo la llenaron de ilusiones.

Ella ya conocía al doctor, porque es de las que lo abordan en la plaza los domingos, por esto él, quiso ser amable con ella y la trató con toda confianza y delicadeza, como a una verdadera amiga, pues tampoco don Segismundo se imaginaba cuales eran las pretensiones de Lourdes.

-Buenos días señorita Lourdes. -Saludó el doctor-

-¿En qué puedo ayudarla? no creo que esté enferma, pues se ve tan bonita y rosada que parece una flor silvestre.

Al decir el doctor estas palabras, la pobre Lourdes se estaba derritiendo, ya ella pensó que habían hecho efecto sus encantos en el doctor y Lourdes comenzó -diciendo-

-Hay doctor, usted si es amable, lo que pasa es que... por ejemplo, ¡Yo no estoy enferma!; ¡Yo nunca me enfermo!, Yo soy muy joven.

Diciendo que ella nunca se enferma, no se dio cuenta que el doctor puso un triste semblante, y Lourdes haciendo ver que estaba ahí solo por un caprichito, continuó con su historia.

-Lourdes toda lánguida, no sabía que decir y en lugar de hablar de su problema, se puso a decir tonterías para entretener al doctor, -y así dijo-

Yo, es la primera vez que entro en su consultorio, pensé que había una ventana virada hacia la calle, para cuando esté reposando poder mirar afuera, para ver a todas nosotras las jóvenes cuando pasamos, algunas veces yo he pasado y me ha parecido verlo en la ventana. Se quedó esperando un momento para ver si don Segismundo le decía que él la veía a ella, cuando pasaba por la calle; pero el doctor no dijo nada, más bien estaba sorprendido viendo las tonterías que decía Lourdes. Y ella siguió tratando de interesarlo.

-Al ver Lourdes que el médico está mirándola sonriente

y sin decir nada, esperando para que ella diga el malestar que la llevó hasta su consulta, se quedó callada por unos instantes y comenzó con la historia por la cual había ido a visitar al doctor, sólo para invitarlo a su casa -Lourdes comenzó a hablar.

-He venido aquí a su consulta doctor, porque pensé que quizás usted podría ayudarme en algo que... yo he tenido como un complejo, digamos que no es mucho, se puede decir que es casi una tontería; pero siempre pienso que tengo una oreja un poquito grande... Yo quisiera ver que puede hacer usted para ponerla así atrás y... arreglarla; ¡Qué no se note!, que está un poco así afuera más que la otra, porque esto me tiene bien preocupada, cada vez que veo mí oreja en el espejo me da un disgusto que estoy dos o tres días de mal humor.

El doctor la miró, comparó las dos orejas y se dio cuenta que estaban casi... iguales, desconcertado, al verse en una situación compleja, más bien parecería engañosa, y al mismo tiempo vio que Lourdes, se mostraba preocupada, como si realmente fuera cierto el problema del cual está hablando, pensó entre si "esto no es grave y no creo que se pueda hacer nada"

!Qué le voy a hacer?

Y así para contentarla y tratar de quitarle el caprichito que ella dice que tiene; según parece ese día el doctor estaba inspirado y para animar un poco a Lourdes, alegremente y risueño, -le dijo-

-¡Caramba señorita Lourdes! Usted tiene las orejas bonitas, yo no las veo mal, están más o menos bien, un poco grandes... pero así oye mejor, de tamaño están iguales.

-¿Cómo es que usted está pensando eso?

-Si,... si, -contestó Lourdes- yo me doy cuenta que no está

normal, y yo quiero que me recomiende cualquier cosa, lo único que deseo es que se ponga bien; como usted es un buen médico, no creo que tenga alguna dificultad para prescribirme algo adecuado.

El médico comenzó a respirar, lo había puesto en una situación comprometedora, o le recomienda algo para arreglar una oreja que no tiene gran cosa; o pone en evidencia su competencia como doctor.

-No, apenas tiene una simple caída que casi no se nota,

-dijo el doctor- para no contrariarla, pues Lourdes ya había dicho que se disgusta a causa de su oreja.

-De todas maneras si usted quiere enderezarlas ¡Un poquito!, para que se quite el complejo que tiene y quede tranquila, porque es solamente eso una impresión, yo creo que usted está como... obsesionada con esto.

-¡No se preocupe! -volvió a decir el doctor, trató de contentar a la enigmática visitante- vamos a ver... la otra, no está... no está mal, póngase unas gafas de sol y sujeta ¡La otra oreja!, la que está así atrás, a las gafas con un esparadrapo, así se van a poner las dos iguales, porque yo no veo la derecha caída; pero la izquierda está... un poquito solamente, pegada a la cabeza, es por eso que no se ve y a usted le parece que la derecha es más grande.

Esperó unos segundos y Lourdes lo miraba con la boca abierta sin decir nada, se quedó adormecida oyendo al doctor y sin saber lo que decía; visto que ella no respondió a nada de lo que él le dijo, el doctor entusiasmado inventando algo nuevo en un caso difícil e inesperado, -continuó.

-Cuando sale no deje de ponerse las gafas, y mismo en la casa, déjeme ver, podría ponerse unas gafas sin el cristal para que pueda incluso, estar adentro de la casa con la oreja sujeta, así va a estar un poco digamos más... tiempo haciendo el ejercicio, y con este pequeño esfuerzo, puede que se le vayan poniendo las dos orejas en su sitio al mismo tiempo.

Lourdes, toda emocionada exclamó.

-¡Hay! ¡Usted es un genio! ¿Y cree que eso me va a ayudar? Es que la oreja se puede doblar y deformar como si fuera un objeto cualquiera.

Y el doctor la miró espantado, aquí si que Lourdes lo puso en evidencia, para comprobar su sabiduría, bien seguro, justo para dejarla tranquila -respondió.

-Si, claro, normal, usted no ha visto los indios de las amazonas que se alargan las orejas con unos palos, no digamos que le va a poner la oreja derecha así de pronto; ¡Porque eso lleva tiempo!, pero si le va a ayudar y usted se va a sentir mucho mejor.

Lourdes se quedó atónita, no sabía que decir, de pronto se sacudió como queriendo despertarse y quitarse de encima la imagen de unos palos en las orejas, comenzó a abrir la boca y poco a poco fue diciendo.

-Hay... muchas gracias doctor, esto no me... lo esperaba, usted dice cosas extrañas... ¡Pero agradables!

Yo estaría todo el día aquí sentada oyéndolo hablar; ¡Aunque no se me arregle la oreja! ¡Su voz...! ¡Parece como una música en mis oídos! ¡Es que habla tan bonito! ¡Es un poeta!

-Usted dígame cuando quiere que vuelva, y también con mucho gusto yo le hago compañía, hasta puedo ayudarle con los niños.

-¡Ah... si! -Le dijo el doctor- todo impresionado por el susto de verse acompañado por Lourdes, todos los días en su consultorio, la miró sonriente.

Y Lourdes, al ver que él le está sonriendo, toda emocionada

-continuó sin parar-

-¡Que maravilla! ¡Yo siempre había pensado que me gustaría ser...! algo así como... ¡Una enfermera!

El doctor la miraba bien extrañado, y un poco confuso también él, pues Lourdes le estaba echando flores encima que el doctor no esperaba, lo de la oreja no tenía nada que ver con todos los halagos que estaba recibiendo, -y le contestó-

-Muchas gracias señorita Lourdes... me agradaría mucho también a mí, la verdad es que no hay suficiente pacientes como para necesitar una enfermera; por lo que veo en su entusiasmo yo creo que si, usted haría una buena enfermera.

Lourdes, al ver que el doctor le dio un poco de estímulo,

-continuó más entusiasmada aún-.

-Nosotros, todos los habitantes, necesitábamos aquí en nuestra parroquia, un doctor así inteligente como usted, yo nunca hubiera pensado, que con unas gafas de sol y un poco de esparadrapo se ponía bien mi oreja, ¡Eso sería a un milagro! ¡Estoy emocionada!

Lourdes estaba de pie frente al doctor, con la emoción dio dos pasos adelante; !Puede que sin darse cuenta! Se iba aproximando y el médico también iba retrocediendo, Lourdes tenía los labios pintados más de lo debido, hasta por fuera del borde, el médico estaba espantado, tenía miedo que Lourdes lo fuera a pintorrear a el también, un poco ruborizado, e impresionado por el compromiso en el cual lo estaba poniendo Lourdes; pues ella no tiene nada en

la oreja, el doctor no se le ocurre pensar que Lourdes esta ahí por otro motivo, no puede recomendarle una medicina y no sabe que solución tomar en este caso tan complejo; pues está delante de una persona descontrolada psíquicamente por el amor, y no hay que olvidar que es un poco tímido.

De pronto creyó que había exagerado, esperó un poco, se recuperó por la inquietud que le causaron los elogios y los pasos adelante que acaba de dar Lourdes; también las palabras turbadoras que ha manifestado la señorita.

Don Segismundo, ya se dio cuenta que esta visita no era normal, y menos era por una razón de enfermedad o de oreja caída.

Él, como médico no podía tratar de rendirse delante de una paciente, en una situación de locura y desespero, como el que otra vez, tenía delante de él en este momento; pues estaba pasando por la misma situación que con otra joven que ya lo había visitado.

Trató de confortarla lo mejor que pudo, como se dio cuenta que ella había ido a visitarlo con una tontería sin fundamento, y no sabiendo que es lo que pretende Lourdes; para que no volviera con la misma historia, de pronto le volvió a decir.

-Bueno… la verdad… es que vamos a tratar con esto, y… si no sale bien, pues ya veremos si se puede hacer otra cosa.

-¡Quizás cortándole un pedazo!

Lourdes al oír la palabra, cortar un pedazo de oreja, se asustó y exclamó.

-¡Hay… dios mío! Se puso las dos manos en las dos orejas al mismo tiempo, como queriendo protegerlas del corte, y en voz alta comenzó a decir.

-¡No me diga que me va a cortar la oreja!

Con los gritos de Lourdes, el doctor se puso a reír, porque el médico lo había dicho como una broma, ya tenía una confianza y amistad con Lourdes; pero al verla despavorida con los ojos abiertos y horrorizada, se dio cuenta que estaba delante de una persona histérica, trató de sujetarla para calmarla, la tomó por los hombros y le dijo.

-¡No se preocupe! que eso no va a pasar, es solamente una sugestión, cálmese que usted no tiene nada en la oreja.

Lourdes pensó, al ver que el doctor la sujetó por los hombros y le habló suave para tranquilizarla, que ya él, estaba tratando por su cuenta de aproximarse a ella, y Lourdes continuó haciendo una mayor comedia, para impresionar completamente al doctor.

Quiso aprovechar la situación, sujetó al doctor por los dos brazos ella también, haciendo que se caía al suelo, se aferró, enganchándole los brazos, lo aprisionó, para que por fuerza él tuviera que sujetarla; dobló las piernas hacia atrás para caerse, y dejó todo el peso de su cuerpo en las manos del doctor; de una manera que por fuerza estaba obligado de levantarla, y que ella esperaba que el doctor al verla desmayada, como era médico podía darle respiración de boca a boca.

Don Segismundo no se podía liberar, con el peso inesperado de todo el cuerpo de Lourdes desvanecida e incontrolable; al doctor se le escapó de las manos, y Lourdes llegó con el trasero al suelo.

Él se agachó para auscultarla, porqué Lourdes se estaba haciendo pasar por muerta, todo desesperado por encontrarse solo en su consultorio delante de una grande tragedia, apoyó el oído en su pecho para sentir la respiración, y ver si el corazón caminaba bien, lo primero que le llegó fue el profundo olor a perfumes, que Lourdes se había empapado por todo su cuerpo, antes de ir a su consultorio; justo con la intención de darle una buena impresión al médico.

Don Segismundo escuchó el corazón de Lourdes que latía normal, más bien un poco rápido y acelerado, por la emoción que le causó el contacto de la cara del doctor en su pecho.

Él se retiró rápido con un poco de nauseas, por ese olor tan fuerte que sin esperarlo y con la emergencia del momento, se le había metido por la boca, y lamentablemente no le dio la respiración labial, como ella esperaba y deseaba; por eso se quedó sentada en el suelo con los ojos cerrados, sujetándose una pierna con una mano, haciéndose la inconsciente, y dando tiempo hasta lograr emocionar al doctor.

El doctor la volvió a asir con todas sus fuerzas, la levantó para sentarla en la silla; pero Lourdes se le escapó del otro lado, haciendo ver que continuaba desmayada y moribunda.

Después de un grande esfuerzo, al cual el joven médico no estaba acostumbrado, la sentó en la silla y en lugar de darle la respiración que ella deseaba, y por la que había hecho todas estas peripecias, le dio varias palmaditas en las mejillas de ambos lados, como para despertarla.

Don Segismundo, más desconcertado aún que Lourdes, ya no sabía más que decir, ni que hacer; se quedó sofocado y transpirando por todo el cuerpo, por el gran esfuerzo que tuvo que hacer para levantar dos veces a Lourdes del suelo; no pensaba que Lourdes tuviera esta debilidad, un poco confundido, aturdido, después de este gran denuedo que hizo, fue a su baño para lavarse las manos y Lourdes comenzó a reír escondiéndose la nariz entre sus manos y tapándose la boca.

Don Segismundo salió después de haberse mojado el rostro, sacándose las manos y comenzó a disculparse.

-El doctor, agobiado por haberse encontrado en esta grande complicación y sin esperarlo -dijo-

-O... no, claro, no se preocupe señorita Lourdes, sólo era una sugestión, yo no quería asustarla, no creo que eso se pueda arreglar con operaciones, eso sería el último extremo, fue casi una imprudencia de mí parte !Perdóneme!: Además usted no tienen nada en la oreja, eso es una obsesión que usted tiene y que la atormenta pensando que no está bien.

Entre tanto yo voy a consultar con mis colegas, para ver cual sería la mejor solución y arreglarle su oreja, también sería bueno, darle un calmante para que quede tranquila.

Como el interés de la señorita Lourdes, era absolutamente hacer una amistad para enamorar al doctor, lo de la oreja no le importaba para nada y comenzó a decir.

-No Segismundo... yo no creo que necesito eso, la verdad es que no me gusta tomar calmantes... porque creo que después me puede dejar muy calmada.

Lourdes se dio cuenta que ya lo tenía perturbado, confundido y preocupado, trató de escaparse ella también del corte de la oreja y de los calmantes, porque eso tampoco ella se lo esperaba, y de inmediato pasó al ataque con la verdadera historia, por la cuál había ido a visitarlo.

Y siempre tratando de hacerse la atrayente comenzó Lourdes.

-Hay doctor me había olvidado, con esta preocupación, el susto que acaba de darme con la oreja, y lo que me acaba de decir, me quedé anonadada, menos mal que usted es un hombre fuerte, y tiene unos brazos musculares, que yo nunca creí que pudiera levantarme de la manera que lo hizo, es la primera vez que un hombre me levanta así en vilo; !En el aire! como lo acaba de hacer, !Usted si es fuerte!

Y siempre tratando de seducir al doctor, continuó Lourdes.

-Le estoy tan agradecida, por todo el esfuerzo que hizo para cargarme de esa manera con tanto cuidado, que no me dejó caer al suelo sino una vez; quiero aprovechar e invitarlo a mí casa, porque no hay nadie en el mundo que lo merezca mejor que usted, y estoy segura que no me va a decir que no.

-¡Usted sabe Segismundo!

-El domingo vamos a tener una fiesta en la casa, lo invito y me encantaría que venga a tomar un cóctel con nosotros, le voy a decir a todas mis amigas, !En su presencia!; lo que usted ha hecho hoy por mí, nunca en la vida me lo voy a olvidar, y además para que todas estén al corriente lo fuerte que es el doctor que nos está cuidando, y se ocupa con tanto esmero, sobre todo de mí.

-Vamos a celebrar el cumpleaños de mí hermana la más pequeña. ¡Espero que no falte!

-Pues cuando nosotros hacemos una fiesta, es de lo mejor.

El doctor la miraba sorprendido, todo esto había sido inesperado para él, cuando saludó a Lourdes a su llegada no se imaginó la complicación en que se iba a ver envuelto, en este momento está perplejo y apático a todo lo que Lourdes pueda decir; pensando como puede salirse de esto, y tiene cuidado de decir alguna palabra que la moleste o que la ofenda.

Lourdes prosiguió sin dejarlo decir ni una sílaba.

-Vamos a tener una orquesta para bailar, y hay bastantes

jóvenes invitadas, nos vamos a divertir de lo más bonito, ¡A lo grande!

-Tenemos lechón asado, además mi padre hace el mejor vino de toda la comarca.

-¡No faltará nada! -y preguntó-

-¿A usted no le gusta el vino? -Y todavía sin dejarlo hablar, para que el doctor dijera si le gusta, o no le gusta el vino, Lourdes continuó.

-Espero que vaya para que lo pruebe, además,

!Yo voy a tocar el piano!

Como que Lourdes ese día empezó con mal pie, porque el doctor en este momento lo único que deseaba, es salirse lo más rápido posible de toda esta complicación.

Se dio cuenta del interés que la señorita Lourdes había puesto en él, pues lo miraba incesantemente, y después de la caída de Lourdes en el suelo, el doctor salió con la cintura echada a perder, estaba tratando de ponerse derecho, haciendo un grande esfuerzo para disipar el dolor y disimular su agotamiento, al mismo tiempo no hacerle ver a Lourdes que le dolía algo, porque ya ella le había dicho que el es fuerte y musculoso, y le estaba proponiendo decirlo a todas sus amigas, no estaría bien aparecer en su presencia y que toda la comarca se enterara que el estaba todo doblado.

El doctor, en este momento lo menos que desea es comprometerse para ir a bailar.

Mismo que él, también como joven deseaba ir a divertirse y eso de la música, las jóvenes invitadas, el vino y el lechón asado, no le caía del todo mal.

En principio se entusiasmó oyendo lo que decía Lourdes y pensó ir, de pronto miró a Lourdes y cambió de opinión, ella pareciera que se lo quería tragar con los ojos.

Después de lo que acaba de pasar se quedó acobardado, pensativo, se le fue el entusiasmo y queriéndose salir de una buena vez, de todas estas complicaciones, sólo pensó en escaparse, pues para el doctor la señorita Lourdes no era atrayente y no tenía ningún interés de encontrarse de nuevo con ella.

El doctor pensó que sin haber tomado, se cayó al suelo y le costó un suplicio levantarla; como sería después de tomar unas copas de vino en la fiesta, si se pone jaquecosa y la tiene que estar sujetando, seguro que debe estar acostumbrada, porque su padre hace el mejor vino de toda la comarca.

Don Segismundo se quiso disculpar, y sin querer ofenderla por si acaso le da otro desmayo.

-le contestó-

-Ah... muchas gracias señorita Lourdes, ¡Caramba! Estoy... pues muy agradecido que usted haya tenido esta atención conmigo, de todas maneras voy a tratar de ir a su casa el domingo, me gustaría mucho complacerla, pues a mí también me gustan las fiestas, y como no, también me gusta bailar. Lourdes lo miraba y reía emocionada -y el doctor siguió hablando. ¡Ah a que hora es la fiesta? O... ¿Cuando quiere usted que yo vaya? -preguntó el doctor-

A este punto Lourdes estaba tan inquieta, no dejaba de mirarlo, -pensando se dijo así misma-

¡Cuando esté en mi casa, no se me va a escapar!

Al oír la voz del doctor, que quería saber a qué hora es la fiesta, Lourdes apresurada exclamó.

-¡Ah mire! Va a ser más o menos a las tres de la tarde.

Y le dijo un horario más temprano de la cuenta, porque en ese momento ella creyó, que sería bueno que fuera antes que llegaran todos los demás invitados, para tener tiempo de hablar con él, que las otras amigas no estuvieran presentes, y lo más importante aún; también suficiente tiempo de enseñarle todas sus riquezas, para convencer al doctor.

El médico, no tenía ningunas intenciones de ir a la fiesta, después de pasar una media hora hablando con Lourdes, lo que en principio creyó, una buena ocasión de hacer amistades y divertirse, en este momento lo único que desea es terminar, lo que supuestamente tendría que ser una consulta médica.

Pues ya había pasado por un largo suplicio delante de la señorita; lo primero es, que Lourdes no es llamativa para él, no le hace ninguna emoción ni siquiera hablar con ella; es un poquito mayor de edad que el doctor y su conversación no le agrada para nada.

Ya se dio cuenta que en este pueblo, tenía que tener cuidado con lo que dice, apenas se equivocara de alguna manera, no solamente podía tener a una persona en su contra; ¡Sino a toda la comunidad!

Para escaparse de las complicaciones que podría encontrar de nuevo, prefirió privarse del lechón asado la música el vino y todo lo demás, se hizo el sorprendido y contestó el doctor.

-¡Oh a las tres de la tarde!; Pero es que a las tres estoy de servicio en el hospital, !Y voy a estar hasta la media noche!

Algunas veces los compañeros nos turnamos cuando hay alguno que tiene un compromiso ineludible; pero en esta ocasión no tengo el tiempo suficiente como para avisarle, -y se lamentó el doctor-

-¡Oh... lo siento mucho! Señorita Lourdes, ¡Que lastima! me encantaría asistir a su fiesta, ¡Pero me es imposible!

De pronto quiso cortar la situación y terminar, prosiguió

el doctor, con una voz tajante, para que Lourdes no pudiera replicar-

-De todas maneras, le agradezco mucho su amabilidad y su atención y en otro momento será.

Lourdes toda desconcertada se lamentó y exclamó con un suspiro.

-!Hay!... pues me da mucha pena que usted no pueda ir. Como es una caprichosa volvió casi a rogar pensando que ella todo lo puede lograr.

-¿Y no puede hacer una excepción? Me va a dejar apenada, hubiera sido muy bonito que asistiera a mi fiesta... ¡Para bailar con usted!

-Dijo toda lánguida-

De pronto vio la expresión que había puesto el doctor, todo sonriente y para animarlo Lourdes prosiguió, pensó unos instantes reaccionó, creyó que al doctor le gustaría bailar con todas y -volvió a decir.-

-Por ejemplo ¡Podemos bailar todas juntas! y divertirnos

-¡Estaba tan ilusionada!; que se puede decir que la que está organizando la fiesta soy yo, y siempre con la ilusión que usted pudiera asistir.

El doctor se disculpó y muy serio -le volvió a decir-

-Lo siento pero me es imposible.

Lourdes toda desagradada, -le dijo-

-Que lastima, pero... si no puede, como dice usted en otro momento será; la próxima vez le voy a avisar con bastante tiempo por medio, para que tenga la oportunidad de avisar a sus amigos.

El doctor la miró serio, y Lourdes visto que no podía continuar para persuadirlo y convencerlo, saludó y comenzó a salir.

-¡Adiós Segismundo! gracias por todo y disculpe las molestias, la verdad es que no pensé que podía haberme pasado esto en su consultorio estoy desconcertada y casi avergonzada.

-Adiós señorita Lourdes, y no se preocupe que no es nada, aquí estoy yo para ayudarla cuando usted lo desee. -contestó el doctor-

Lourdes, estaba saliendo de la puerta toda disgustada, con un semblante de amargura y un nudo en la garganta que no podía hablar, pues ella se dio cuenta de la resistencia del doctor. Después de haber hecho toda esta comedia; le había caído mal que él, no pudiera asistir a su fiesta y era justo ese el motivo por el cual ella, había ido a su consultorio, a hablarle de su oreja.

Lourdes estaba tan consentida por sus padres, que cuando quería algo no le decían nunca que no.

Se volvió atrás y haciéndose pasar por una chiquilla, dijo.

-Ah,... mire doctor me olvidaba, ¡Estoy tan contenta!; le voy a decir a mi madre todo lo que usted me dijo, yo no creí que fuera tan sencillo.

-¿Seguro que con un poco de esparadrapo se me va a arreglar la oreja?- Preguntó de nuevo,- sólo por tener algo que decir y hacerle ver al doctor que su interés, es únicamente por la oreja y el doctor -respondió-

-Oh, claro poco a poco, ya verá que se va a poner bien, ¡O así yo lo espero!; con un poco de paciencia ya veremos, usted comprenderá, que eso no es una enfermedad, es un defecto de nacimiento... que usted cree tener, y si es que se puede hacer algo, ¡Requiere tiempo!

Y con todo cuidado el doctor temiendo que Lourdes se

disguste,
-terminó diciendo.

-De todas maneras no se preocupe que no se nota, ni siquiera se ve.

Lourdes con el desagrado que sentía, en este momento se considera incapaz, y contrariada por no haber sido lo suficientemente convincente, como para conseguir que el doctor fuera a su casa.

El desinterés que demostró don Segismundo, le dio una angustia que la puso aún más afligida de lo que estaba en principio, un poco más y no puede hablar.

Después de toda esta discusión, ahora se dio cuenta que era defectuosa, ya no solamente piensa que tiene la oreja derecha caída, el doctor le acaba de decir que la izquierda está pegada hacía atrás en la cabeza.

Lourdes, totalmente desconcertada, no quiso demostrarlo delante de don Segismundo; pero sin querer manifestarlo sentía una congoja que estaba tragando nudos. Cuando se despidió para disimular, quiso hacer ver que estaba contenta, como si el doctor no se hubiera dado cuenta de la complicación que se le presentó delante. Lourdes miró al doctor y con una grande sonrisa, -dijo-

-Muchas gracias Segismundo, adiós.

La señorita Lourdes, mismo que en principio pensó que se podía arreglar, se quedó un poco suspicaz, porque en el fondo le parecía imposible, pues ella en muchas ocasiones se ponía gafas de sol, y no se había dado cuenta que se arreglara nada, así se fue hablando sola.

¡Hasta le salieron unas cuantas lágrimas!

En el camino encontró a una amiga, la señorita Florencia; como estaba tan irritada comenzó a contarle algunas palabras; pero no dijo todo a propósito de lo que le había sucedido en el consultorio del doctor, algo que Lourdes no estaba habituada, de contarle sus males a las amigas. Esta amiga era un poco dificultosa para hablar y no decía gran cosa; Lourdes vio la oportunidad de contarle todo lo que ella creyó conveniente y sin exponerse a tener alguna desagradable opinión de parte de Florencia, Lourdes enojada comenzó a decir.

-¡La verdad es que no me lo creo!

-Fui al doctor para invitarlo a mí fiesta, le hablé de la oreja como disculpa, ya tu sabes que yo siempre tengo esa impresión, por no tener otra cosa que decir, porque yo soy una persona joven y no estoy enferma, ahora quedé delante de él, ¡Como una defectuosa!

-Y ni siquiera quiso asistir a mí invitación para bailar conmigo; ¡Razón tienen las otras! Yo creo que todas estamos perdiendo el tiempo con este pretencioso.

Florencia la miraba y tenía miedo decir algo que no le fuera a agradar a Lourdes, sabiendo que podía arremeter contra ella, y por eso a medida que Lourdes hablaba ella la miraba.

Lourdes de pronto se puso a llorar, -y se lamentó -

-Y también pensé que mi oreja derecha es un poco caída; pero el doctor dice que no, así que estoy bien, no tengo nada, y también -¡Ahora me dice que tengo la izquierda pegada!

De pronto comenzó a gritar diciendo.

-¡No se habrá mirado él, la nariz que tiene!

Y Florencia decía.

s, s, s, sí,

-¡Mira que decirme, que yo tengo la oreja pegada!

Y Florencia -dijo-

-No... sí no. Lourdes, siguió hablando, tratando de convencerse consigo misma.

-Voy a preguntar a mi hermano Manolito, que es casi... médico y tiene que saber la verdad. Aunque ella no le tenía mucha confianza a su hermano, porque hacía bastante tiempo que estaba estudiando y todavía no lo lograba.

Como la amiga le daba la razón, Lourdes se sintió confortada y siguió hablando.

-Pues yo sé que eso no es gran cosa, y con un peinado que caiga el pelo encima no se ve, y no hay porqué preocuparse, de todas maneras yo no vine aquí por lo de la oreja, yo no soy tonta y no vuelvo más a visitar ese doctor, por lo visto no ve bien, o está tratando de engañarme para reírse de mi oreja.

-Y mira que decirme a mí, Yo, la más bonita del pueblo nací con defectos, eso no se lo perdono.

La amiga Florencia miraba -diciendo de ves en cuando-

-sí. sí, no lo creo.

Sin darse cuenta Lourdes que lo que no cree la amiga es que ella tan orgullosa que es, se haya puesto a contarle todas estas desavenencias que había tenido con el doctor y que nunca le hubiera confiado a nadie, el haber salido desagradada y sentirse despreciada; por no haber sido capaz de llevar al doctor a su casa, no le hizo ver la realidad, o si estaba haciendo mal o bien, y continuó toda furiosa explicando lo que ella creyó una injusticia de parte del doctor.

-Y no me voy a creer -continuó Lourdes- que con unas gafas de sol y un poco de esparadrapo se va ha poner mí oreja derecha, por lo visto también creyó que soy ignorante.

-Ahora lo que falta es que trate de cortarme mí oreja. -Y

la amiga Florencia le dijo-

-!No,...no te dejes cortar nada! que.... que después te falta un pedazo.

-No... a mí no me corta nada, -respondió Lourdes toda indignada- y no lo vuelvo a invitar.

-¡Mira que despreciar una recepción en mí casa!,

-¡No sabe lo que se perdió!

Con la visita que hizo Lourdes, al consultorio del doctor, las esperanzas que había abrigado y que la ilusionaron durante el tiempo que se preparaba para ir a seducir al médico, se le apagaron en su alma, no le quedaron sino remordimientos, por haberle insinuado lo de la oreja que era su secreto, y no consiguió ni siquiera que aceptara su invitación. Después de haber permanecido encerrada en su casa, sin querer ni salir por el disgusto que la abatió, pasó una semana, el domingo Lourdes se reunió con todas sus amigas.

Comenzó a desacreditar a don Segismundo, emprendió una campaña de difamación diciéndoles.

¡Que no digan nada!; Pero que ese doctor es bien extraño, que no cree que esté buscando novia.

-Por lo menos no creo que le interese ninguna del pueblo, me da la impresión que se siente muy orgulloso y superior a todas nosotras. ¡Eso sería el colmo! lo invité a la fiesta de cumpleaños de mí hermana, para que bailara con todas nosotras juntas, y rehusó mí invitación.

-A mí que no me diga nada más, ahora cuando lo vea en la plaza, solo lo voy a saludar y me voy.

Y así Lourdes comenzó a decir, que el doctor estaba tratando de engañarlas a todas y que no es un buen médico, porque no sabe mucho lo que está haciendo.

Ya Pepita -dijo- en todo el pueblo, que el propio doctor había dicho que estaba enamorado de una de ellas; pero no quiso mencionar que era de ella precisamente, siempre con la intención de hacerle ver a las otras que ya no había nada más que hacer, guardarlo solo para ella y dar tiempo hasta ver si él, se decide por ella y que ninguna de las otras seductoras tuviera la posibilidad, o se atrevieran a tratar de enamorarlo para quitárselo.

El doctor no sabía nada de la intriga y la maquinación que estaba preparando Lourdes en su contra, no sabía cual era el problema, a él nadie le había dicho nada, y no pensó que las dos visitas de dos jóvenes que había tenido con extraños malestares; ¡Y que él creyó que eran amigas!

Con tanto cuidado que tuvo para no molestarlas, lo menos que pensó es que lo iban a perjudicar de alguna manera.

El domingo en la plaza, nadie se le acercó a don Segismundo, cuando lo vieron la mayoría que siempre estaba tratando de acercarse, rodearlo y ser amables con él, se alejaron y apenas lo saludaron de lejos; la única que quería hablar con el doctor era Pepita; ella creyó que esta era una buena oportunidad que se le había presentado, por fin se podía quedar sola con don Segismundo.

Se acercó a él, lo saludó, se quedó mirando toda emocionada, sonriente, ahí vio abierta la oportunidad de decirle a don Segismundo, que no se preocupe por lo que dice Lourdes, que ella lo quiere, cuando ya estaba comenzando a preguntar de nuevo donde iba a ir en la tarde, para ella ofrecerse a acompañarlo, las otras amigas la llamaron, una de ellas la sujetó por la mano y dándole un empujón -le dijo.

-¡No creo que te vas a quedar! ¿No vienes con nosotras? !Vamos! la impulsó, y por la fuerza se la llevó.

Pepita toda desagradada, no quería quedar mal delante del doctor; ni hacerle comprender a sus amigas sus intenciones, todos los deseos, agonías y pasiones, por las cuales estaba pasando; visto que las amigas la obligaron, a ella no le quedó otro remedio que desagradada seguirlas.

Don Segismundo se quedó sorprendido, ya era una habitud reunirse con todas estas jóvenes y pasar un rato charlando todos los domingos, mismo que no estaba interesado personalmente en enamorar a alguna de ellas, había comenzado una amistad, que para él era un entretenimiento, casi una necesidad, hablando con las parroquianas, ya se sentía parte de la comunidad, le parecía que todas eran amables y amigas suyas.

Ahora de pronto pareciera que no lo quieren ver, y así pasaron algunos domingos.

CAPITULO 4

DON SEGISMUNDO VISITA A MANOLO

*D*espués de este alejamiento por parte de las intratables parroquianas, ya él doctor no sentía ningún entusiasmo de salir, o presentarse en algún sitio donde estuvieran ellas.

En este caso decidió ir a la casa de su nuevo amigo Manolo, un joven que había conocido en el pueblo que también estaba estudiando medicina y se estaba graduando.

Don Segismundo todavía no conocía a la familia del amigo, tocó a la puerta y Manolo lo invitó a entrar, Manolo le ofreció sentarse y lo invitó a tomar un vaso de vino, ya en el salón, Manolo todo emocionado poniendo el brazo a forma de amistad encima de los hombros de don Segismundo, y emocionado por haber recibido la visita del doctor -le dijo-

-Me siento honrado de tu visita; ¿Qué te trae por aquí? Pues no esperaba esta sorpresa; pero es agradable que hayas venido a visitarme.

Don Segismundo le contestó.

-Gracias por tu gentileza; pero me encuentro en un pequeño dilema, y creí que hablando con un amigo podía conseguir un poco de tranquilidad y tener una idea de lo que puede estar pasando.

Y en un tono desesperado tratando de explicar, lo que él cree un problema, -el doctor continuó-

-Oye mira, estoy desconcertado y no sé como hacer;

pero es que me siento... digamos, primero me sentía como perseguido y ahora no sé porqué, pero me da la impresión que pasó algo, ¡Y a mí no me han dicho nada!

-¡Ha si! -dijo Manolo-

-Si -contestó el doctor- es la primera vez en mí vida que me pasa algo semejante, para mí es un verdadero desagrado.

Cuando Manolo lo vio tan preocupado y sin explicar que es lo que le pasa, pensó que era algo más grave, relacionado con su profesión, quiso quitar importancia a su preocupación para tranquilizar al doctor, y también tratando de hacerle ver que él, es inteligente, que ya tiene experiencia con los enfermos, y todo orgulloso como si fuera un veterano. -le dijo a don Segismundo-

-¡Ah ya veo!, Le diste algo a algún paciente y no le fue muy bien; ¡No te preocupes hombre! quizás se mejora, puede que sea como es normal en un enfermo, que esté pasando un mal momento y más tarde se va a sentir mejor.

El doctor un poco extrañado de la respuesta de Manolo, trató de explicar que no se trataba de ningún paciente.

¡Ho no!; No se trata de eso, el problema es de otra índole, no sé cual es la razón; pero parece que pasó algo, -continuó diciendo el doctor- para mí es extraño que se hayan alejado casi todas las jóvenes amigas al improviso... Y ya era una habitud hablar con ellas todos los domingos, me parecería malo que se hayan disgustado por alguna razón, y sin yo saberlo.

Manolo se quedó mirando con semblante de espanto, de pronto se puso a reír, pues lo menos que se imaginaba, al ver tan grande preocupación en la expresión de su atormentado amigo, es que se tratara de mujeres.

Y don Segismundo, al verlo riendo de sus palabras y para que Manolo no creyera que él, le había dado algo malo a un paciente, -dijo todo apresurado-

-Es que estaba pensando conseguirme una novia y no sé como hacer, porque en realidad no he encontrado todavía la persona que yo deseaba, y esperaba encontrar.

Manolo no le dio importancia a lo que dijo el doctor, y pasando desapercibido de las palabras remarcables, que su amigo acaba de pronunciar, diciendo que no ha conseguido lo que él quiere, riéndose de nuevo le dice.

-Oh, eso no es ningún problema, me habías dado un grande susto, porque creí que era otra cosa, pensé que era algo grave, pero si es solamente eso; !No te preocupes!

Aquí hay bastantes bellas jóvenes de buenas familias, y creo que hay alguna precisamente, bien interesada en ti.

-¿Ah... si y como sabes tú? -pregunta el doctor-

Manolo a forma de broma, también un poco sobrecogido, pues no era fácil para él, en el compromiso que lo había puesto su hermana, o que se estaba poniendo él en este momento, y no queriendo decir abiertamente, que era su propia hermana la interesada en el doctor, trató de aludirlo disimuladamente, porque estaba casi seguro que don Segismundo, había ido a su casa por un interés especial, intentó rodear las palabras para no ir directo a lo que pretendía, y siempre riendo -le dice a don Segismundo.

-Bueno en ese caso no te preocupes, también yo estoy esperando encontrar a alguien, aunque para mi es diferente, yo ya he visto la joven que me agrada; pero no he tenido la oportunidad de hablarle; algunas veces hay que esperar o decidirse, porque sin saber es posible que hablando encontremos lo que queremos; !También yo tengo dos hermanas!...

Manolo dijo esto y esperó para ver la reacción de su amigo, o si el doctor tenía algún interés; porque no sabía el motivo por el cual había ido a su casa, o si era por alguna razón en particular.

-¡Ah si!; Se sorprendió el doctor y quiso saber bien interesado, quienes son las hermanas del amigo y siguió preguntando.

-Dos hermanas, tú tienes dos hermanas, caramba pues no las conozco y me gustaría conocerlas.

-contestó el doctor- justo para ser amable con el amigo.

-Si tengo dos hermanas, -volvió a decir Manolo- al ver el interés del doctor, le dio un poco de ánimo y todo contento,

-siguió diciendo-

-Bueno... la más pequeña ya tiene novio; pero la más grande que es la más bonita, todavía no está comprometida... Hizo una pausa para ver otra vez cual era la reacción de don Segismundo.

Y el doctor no sabiendo, quien eran las hermanas de Manolo, un poco extrañado y por curiosidad -volvió a insistir.

-Caramba, creo que no las he visto, -dijo el doctor.

-¡Ah... si pues ella si te conoce! -Contestó Manolo.

Y al ver que el doctor se interesó por ellas, -continuó diciendo el amigo- todo entusiasmado.

-Según me dijo mi hermana ya ha hecho amistad contigo, espera que la llamo, es la mayor, a pues le va a agradar saludarte, ella ya me había dicho que tú eres el joven más inteligente e interesante que había visto en toda su vida.

Manolo creyó inocentemente, que ya su hermana y

el doctor se habían hablado, como Lourdes, antes de ir al consultorio del doctor le había dicho a su hermano que don Segismundo era un poco tímido; pero que pensaba que él, estaba enamorado de ella y que ya se lo había dicho a otras personas.

Manolo creyó que Segismundo tenía timidez para manifestar sus intenciones de tener una relación con su hermana.

El doctor se quedó bien intrigado, al no saber quien era la hermana del amigo que pocos meses antes había encontrado en el pueblo, quiso saber porque él, personalmente no le había dicho a nadie, algo tan privado como es estar enamorado, y menos lo diría a otra persona, antes que a la propia interesada.

Manolo todo exaltado, -prosiguió diciendo-

-Segismundo, no tienes que tener tanto cumplimiento, tú eres mi amigo y sólo con decirlo basta, tú sabes que nosotros somos una familia seria y de respeto, se puede decir que somos... ¡La primera familia del pueblo!, o sea la más importante.

-Pues yo no sabía -contestó el doctor- y sin negar claramente, que el no había ido a la casa de su amigo a buscar novia, o que el no estaba interesado en su hermana, así le dio rienda suelta y más fuerza a Manolo, para continuar con lo que él creyó un interés por Lourdes, de parte de don Segismundo.

-Manolo -prosiguió con entusiasmo- si claro, pudiste haberlo dicho directamente, estoy muy honrado que te hayas dirigido a mí, para eso son los amigos.

-¡Y no te preocupes!, si estás interesado en mí hermana, yo ya había oído decir por ahí que tú estabas enamorado de una joven del pueblo, pero no sabía que era de ella.

El doctor lo miraba y no creía él mismo lo que le estaba acaeciendo en este momento, todo desorientado, pues acaba de darse cuenta que lo quieren meter en una complicación, y él no iba a dejar que nadie le impusiera algo tan privado como es encontrar una novia, en este momento pensó que debía ir con cuidado, porque esto es una situación bien delicada y no se puede equivocar, en lugar de reaccionar para defenderse, volvió a preguntar, haciendo ver que estaba interesado en conocerla, -y comenzó a exclamar.

-¡Oh una hermana!; pues me gustaría conocerla.

"Y quien puede ser" -se preguntó el doctor-

De pronto Manolo, abre la puerta del salón y llama a su hermana.

-¡Lourdes!

-Quieres venir un momento por favor, ven, aquí está el doctor que vino a verte y te quiere saludar.

Cuando el doctor oyó decir el nombre de Lourdes, se quedó espeluznado, lo menos que se esperaba es que fuera la misma persona que había estado en su consultorio, ¡Quejándose de una oreja!; la misma que se desmayó, y a la cual tuvo que levantar dos veces del suelo.

Segismundo se quedó sorprendido, nervioso, miraba a los lados y no sabía que hacer, se sintió comprometido sin esperarlo, ahora por fuerza mayor estaba obligado a dar un paso atrás y salirse de una buena vez, de toda esta complicación.

El doctor había ido a pedir un consejo y ha hablar con un amigo, tratando de disipar el desagrado que lo abruma y no esperaba encontrarse en semejante complicación.

El médico quedó desconcertado, pues ya se dio cuenta

que ahí había un interés particular en él.

Se fue recuperando y de una manera ya un poco más seguro, mismo que estaba contrariado, y no queriendo ofender, !Ni a su amigo!: ¡Ni a la familia de su amigo!:

-Don Segismundo, comenzó a decir.-

-No..., no un momento, que yo no quiero que nadie me busque una novia, yo ya tengo una en mí pueblo; pero no estaba muy decidido... y quizás ahora debido a estas complicaciones que estoy encontrando sin querer, es posible que decida casarme y buscar un piso.

Hizo una pausa y respiró; se dio cuenta que tenía que defenderse antes de meterse en una nueva complicación, que él no quería y no estaba dispuesto a aceptar.

Y continuó bien serio para salirse de la mala interpretación, que Manolo en principio había hecho de sus palabras, tratando que al mismo tiempo no se disgustara.

Manolo lo miraba con semblante de consternación; se dio cuenta que al doctor no le gustó para nada la proposición que él había hecho.

-Y el doctor siempre tratando de justificarse, -continuó-

-Necesito... digamos un sitio y... la verdad es que perdona; pero no me supe explicar; creo que la culpa es mía, -y todo nervioso prosiguió el doctor, tratando de hacer creer a Manolo que ya él tiene novia.

De pronto se sintió un golpe y su madre gritó.

-Hay, es Lourdes que se cayó. La madre pidió a su hijo.

-Manolo ven por favor, Lourdes cayó al suelo y se desvaneció.

-Manolo corrió, y al ver a Lourdes tendida en el suelo y con una pierna en el aire, -gritó- ¿Qué pasó?

Y Manolo suplicando pidió al doctor.

-!Oh... Segismundo! ayúdame por favor.

El doctor al verla desvanecida y tendida en el suelo, se arrodilló para ver que le había pasado, le miró la pulsación y se dio cuenta, que lo que tenía era un simple desmayo sin mucha importancia; más fantasía que realidad; y más o menos, como el que le había dado en su consultorio.

Segismundo pensó que lo mejor que le puede pasar a Lourdes en este momento es un buen baño con agua fresca.

-Traigan agua -dijo el doctor-

Empezó toda la familia a correr y le echaron agua por encima a Lourdes.

-¿Pero como es esto? -dijo Manolo

-¡Traigan más agua! -volvió a decir el doctor- Ya estaba toda bañada la pobre Lourdes; pero todavía excitada.

Don Segismundo le pidió a Lourdes que mirara en dirección a su dedo para ver si los reflejos estaban bien, y movió los ojos en todas direcciones; Lourdes no presentaba ningún síntoma de haber sufrido cualquier serio malestar.

-¿Oh que te pasó mi niña? -le dijo su madre- ¡ay.!

-contestó Lourdes aturdida-

Lourdes, al oír a su hermano hablando con el doctor, quiso saber cual era el motivo de su visita; había puesto el oído en la cerradura de la puerta y estaba escuchado toda la conversación.

Esta fue la mayor sorpresa de su vida, se había ilusionado, saltaba sola, reía, se mordía las uñas y hasta los dedos de las manos; para Lourdes estaba bien claro, que don Segismundo había ido a su casa a pedir su mano, el doctor ya no le parecía un poeta, ahora le parecía oír a Dios hablando.

Al oír la voz de su hermano que la llamó; Lourdes ya

estaba más que segura que el doctor se enamoró de ella, y hablaba sola.

"Y yo que había pensado que Segismundo se estaba riendo de mí," -se decía Lourdes a si misma.-

Ahora tenía en sus oídos una voz que decía

-¡Lourdes, es a ti que te quiero! ¡Tú eres la más bella, y la más rica del pueblo!

Lourdes, en principio creyó que el doctor había ido a pedir permiso para comprometerse con ella, y de acuerdo a lo que estaba diciendo su hermano, Lourdes estaba convencida que era ella la elegida.

Ya se estaba viendo paseando de la mano del doctor, y todas las demás mirándola en el pueblo.

En su imaginación, se vio entrando en la Iglesia del brazo de su padre y con un traje de novia blanco, que la cola llegaba del altar hasta la puerta.

Ella tenía que llevar lo mejor, para eso eran los más ricos del pueblo, y se estaba casando con un doctor.

De pronto quiso dar la vuelta y mirar atrás, para ver la expresión de envidia en las amigas y todas las parroquianas, Lourdes sonriente del brazo de su padre, y el doctor en el altar mayor esperando y mirándola, solo a ella.

Lourdes ensimismada, estaba encima de una nube, pareciera que fuera de verdad lo que se estaba presentando en su imaginación, solamente miraba a don Segismundo y le sonreía.

Volteó la cabeza porque quiso mirar si Carmencita también había ido a verla casándose con el doctor.

De pronto tropezó con el traje y se cayó al suelo, inconciente, levantaba los brazos como para aferrarse de algo; movía los pies como si quisiera seguir caminando;

cuando despertó, miró a los lados y no vio a nadie, no estaba en la iglesia, no vio a don Segismundo que la esperaba, no tenía traje blanco puesto; no estaba su padre con ella y no había ninguna de las amigas que la miraban.

Poco a poco se fue despertando, y al verse toda mojada, empapada de agua, oyó la voz del doctor que decía.

-Adiós señora, ¡Lo siento!

La madre de Lourdes le pidió.

-¡Por favor doctor no se vaya!

Después de toda esta complicación, ya el doctor no sabía como disculparse y escaparse de la casa de Lourdes

-y exclamó-

-Tengo algunos compromisos y debo irme; ¡Lo siento mucho!; espero que Lourdes se mejore, creo que eso no es gran cosa, ¡No se preocupe señora!; Lourdes es una persona fuerte, no veo porque podía haberle pasado esto.

-dijo el doctor a la madre de Lourdes.

-La saludo y mañana vuelvo para ver como sigue.

Al oír la voz del doctor; Lourdes se dio cuenta que si Segismundo estaba ahí, es porque algo había pasado; que él iba a correr para levantarla del suelo otra vez y que el doctor se iba a asustar, porque ella se sentía mal.

Pero no, don Segismundo se quería escapar lo más pronto posible; oyendo Lourdes estas palabras se dio cuenta de la cruel realidad.

Se quedó absorta, ensimismada, completamente decepcionada; ahora hubiera querido que el doctor se quedara con ella y no fue posible; ¡Ni un poquito de compañía!

Para Lourdes sin esperarlo, había ido a tocar en su puerta, la persona por la cual estaban rivalizando todas las jóvenes en el pueblo.

Había visto delante de ella a un poeta, el hombre soñado, el amor deseado; el bienestar seguro y una posición envidiada.

Había esperado por este momento más de un año, después de visitarlo en su consultorio y cuando ya creyó que todo estaba perdido; en un instante sin pensarlo; después que inesperadamente le había sonado la campanita en su corazón, recibió el más duro golpe que ella nunca se hubiera podido imaginar; su corazón le dio una voltereta, e inesperadamente cayó al suelo.

Al despertar, abrió los ojos y se dio cuenta que la poesía no era para ella; !Que el trovador! ya tenía otra, a quien cantarle la serenata.

Poco a poco le fueron pasando las palabras de don Segismundo por sus oídos; oyó que el doctor tenía una novia en su pueblo, que se iba a casar y después de haber oído todo lo que el doctor le dijo a su hermano, y estar ilusionada bailando en una nube, de pronto vio delante de ella la desolación; se le destruyeron todos los anhelos; todos los afanes y todas sus ilusiones, en pocos instantes Lourdes comprendió y se dio cuenta de la realidad, que ahí había muy poca cosa que hacer, que don Segismundo es una presa muy difícil, y que en el pueblo; ¡No había ninguna! contándose ella misma con todas sus riquezas, ¡Capaz de casar! al caprichoso doctor.

Al día siguiente, lo primero que hizo Lourdes es reunir a todas sus amigas para decirles, que sus presentimientos y lo que ella había pensado era verdad; que el doctor las estaba engañando a todas.

-¡Acaba de decirle a mi hermano!; ¡Qué tiene novia en su

pueblo y se va a casar!

Y no solo eso, sino que se estaba riendo de todas ellas al mismo tiempo; haciéndoles creer que él, estaba sin compromiso buscando novia y tratando de enamorarlas; siendo que ya estaba comprometido con una novia para casarse.

Estas palabras de Lourdes, cayeron como una bomba encima de todas las enamoradas del doctor.

Pepita, oyendo lo que decía Lourdes; se le fue oscureciendo la imagen delante de ella, sólo oía un ruido en sus oídos; poco a poco, se le fueron llenando los ojos de lagrimas, con la cabeza baja mirando al suelo y sin decir nada; de pronto le dio un escalofrío, se puso a temblar, su rostro palideció, miró a todos lados y a todas y no queriendo que las otras amigas vieran; que ella era la más frustrada de todas, que le había dolido más que a nadie, y que como quien tiene el más bello y hermoso pájaro del paraíso en la mano, de todos los colores del arco iris; que ya creyó suyo y que inesperadamente se le acaba de escapar.

Pepita estaba ilusionada; tenía la convicción, no del todo aún, porque siempre había una duda, !Pero casi segura! que el doctor la quería a ella.

Él mismo no le había insinuado nada; pero después de haber hablado tantas veces con él en la plaza, después de haber recibido tantas miradas y tantas gracias para hacerla reír, y verse tratada tan amigable y con tanta delicadeza.

Pepita mantenía guardado en un rinconcito de su alma, una esperanza, que ahora aún sin querer la tiene que abandonar.

Por eso Pepita había sido la más grande decepcionada, y la más desmoralizada de todas las perseguidoras del doctor.

Con las palabras tan convincentes que Lourdes acaba de

pronunciar; en un instante se le han roto a Pepita todas sus ilusiones, todos sus proyectos, todas sus ansias, y ahora solo ve desolación delante de ella.

Sin ningún ánimo de hablar o mirar a ninguna de las otras, precipitadamente, salió corriendo con los ojos cerrados llenos de lágrimas, no vio nada, sin darse cuenta que a pocos pasos de donde todas ellas se hablaban, vive una sorda que tiene un asno; para transportar los tomates de la costa en donde tiene los sembrados, en ese momento lo había dejado con la cuerda suelta, se escapó de el establo donde usualmente el burro estaba pastando, y la dueña no oyó nada.

Pepita, atormentada, tropezó en la cuerda que lo sujetaba; cayó al suelo y se ensució toda la ropa.

Todas las demás tuvieron que correr a recogerla; con el peso de Pepita las cuatro amigas no podían levantarla del suelo, a las amigas no le faltaba sino llorar ellas también, a alguna de ellas se les escapó ¡Unas furtivas lagrimas!; !Que también trataron de ocultar!

Viendo a Pepita en estas condiciones, sintieron todas el mismo dolor, el mismo desagrado; la misma rabia y la misma impotencia de defenderse, ¡De esta traición!

Todas tenían deseos de vengarse de don Segismundo, e ir hasta la casa para decirle al doctor; en su propia cara, que a él nadie lo quería, que ellas no estaban enamoradas de él, que don Segismundo; no era más importante que ninguna y que ellas también podían despreciarlo a él.

Sin darse cuenta todas estas jóvenes del pueblo; que para enamorarse hacen falta dos personas, que una sola enamorada no es un buen amor y no puede tener un buen fin.

Y de esta manera, sin saber el porqué, Inesperadamente para don Segismundo, volvió Lourdes a regar entre todas las jóvenes del pueblo, algo que sabía que lo iba a perjudicar de verdad.

CAPITULO 5

PEPITA QUIERE SABER LA VERDAD

*P*epita, después del disgusto que tuvo cuando Lourdes dijo que el doctor se iba a casar, estuvo varios días sin salir de su casa para nada. No podía dormir y se había desagradado de tal manera, que perdió varios kilos de peso, no tenía más ilusiones de salir ni hablar con las amigas. Después de reflexionar no se podía hacer a la idea, ni conformar con la realidad, le parecía imposible que don Segismundo estuviera comprometido; no lo había visto acompañando a ninguna mujer y mostró desde que llegó al pueblo, un interés especial por ella; estuvo pensando y creyó que lo que dijo Lourdes no es verdad, que Lourdes les está mintiendo a todas, para ella tener el campo libre y apropiarse del doctor; que ella también puede tratar de enamorar a Segismundo y ver con sus propios ojos si es, o no es verdad, que el doctor tiene novia.

Es por eso que decidió como ya lo tenía previsto anteriormente, e ir ella también a visitar al doctor, si no es posible de otra manera, decirle que ella lo quiere.

Nuestra Pepita, llegó a la sala de espera y se sentó, estaba atemorizada, indecisa, inquieta y temblorosa; después de haber entrado y permanecer sentada durante un cierto tiempo, se levantó dos veces de la silla como para salir y abandonar la hazaña que la había llevado hasta el consultorio del doctor, llegaba hasta la puerta y retrocedía de nuevo.

Don Segismundo, abrió la puerta en varias ocasiones para hacer entrar los enfermos, y al verla sentada la saludaba con una sonrisa; Pepita, viendo al doctor que la miraba y le sonreía, se volvía a dar ánimo y se sentaba de nuevo.

Por un cierto tiempo quedó quieta, y entre tanto estuvo pensando la mejor manera de abordar la situación; después de haber entrado varias madres con niños pequeños, le tocó a Pepita, saludó y toda melosa le -dijo al doctor.

-Hay doctor... Segismundo, he venido a visitarlo porque... en estos días me estoy sintiendo un poco mal y... no se lo que tengo, o lo que me pasa...

Se detuvo para mirar al médico y al mismo tiempo pensar que podía decir, porque con los nervios se había olvidado de toda la preparación que había hecho antes de ir al consultorio del doctor. -y continuó toda indecisa.

-¡Estoy muy débil! y quisiera si me recomienda algo así como... algunas vitaminas; porque hay muchas noches que no puedo dormir y después en el día me siento mal... siempre, ¡Toda cansada!

-Algunas veces como más de la cuenta, y yo no quiero comer, pues a mí me gusta estar así como yo soy delgadita... y fina.

-El doctor preguntó-

-¿Hace cuanto tiempo más o menos que le pasa esto? O que no puede dormir señorita.

Pepita se quedó mirando, no estaba enferma y tenía vergüenza, no se atrevía; no sabía como insinuar cuáles eran sus intenciones; se quedó pensativa y un poco asustada, vacilante, casi acobardada, miraba a la puerta como si quisiera salir corriendo; de pronto vio al doctor que le sonreía, se volvió a dar coraje ella misma; como un soldado que va a la guerra y tiene que buscar fuerzas y darse valor, para cumplir con lo que obligatoriamente "sin él querer" lo mandaron a hacer y cree que es su deber.

Al contrario, Pepita estaba ahí por su propia voluntad; se puso derecha levantó la cabeza, se decidió y comenzó a hacerse la enferma.

-Bueno digamos qué... podría decir qué ... hace más o menos como... cuatro meses; ¡O un poco más!

Se paró, dejó de hablar, pensó unos segundos y de pronto volvió a mirar al doctor y toda apresurada antes de arrepentirse de nuevo, comenzó diciendo.

-¡Si,...si! Creo que mucho más; bueno se puede decir qué... ¡Casi desde que usted llegó aquí al pueblo!, que no puedo dormir.

Bajó la cabeza, porque sin querer le había salido la verdad de los labios, y mismo que había ido decidida a lograr su propósito, de nuevo estaba sobrecogida y espantada; se dio cuenta que había cometido una imprudencia.

Pepita en ese momento no quería que el doctor advirtiera el motivo por el cual ella había ido a visitarlo, y cuyo interés estaba poniendo en peligro, se dio cuenta que no estaba muy bien lo que acababa de hacer.

Don Segismundo, ignorando cuales eran las malas intenciones de Pepita, contestó muy tranquilo y sereno.

-¡O caramba!.. veamos, ¿Orina bien?

-Si...-Dijo Pepita toda asustada, pues creyó que don Segismundo, iba a mirar algo que a ella pudiera darle vergüenza; y eso no lo había previsto antes de ir a ver al doctor.

Don Segismundo, tratando de ver lo que puede hacer para descubrir que es lo que tiene Pepita, le pidió que se acueste en la camilla.

Pepita lo miraba, y esperó unos segundos sin querer hacer lo que el doctor le indicaba; él también se quedó mirándola, como queriendo adivinar que enfermedad podía tener Pepita.

-Y prosiguió el doctor-

-Entonces quiere decir que tiene tiempo con este problema y si no puede dormir no es nada bueno; es necesario dormir todas las noches -déjeme ver- y el doctor, ¡Bien serio!; porque en ese momento él no se imaginó, cuales eran los planes de Pepita, y estaba bien interesado en curarla; pues estaba en los comienzos de su carrera, no hacía mucho tiempo que había llegado al pueblo, y para él, era como descubrir una enfermedad, dar un servicio y que todo el pueblo se enterara, ¡Que él, si podía curar la gente!

A Pepita no le quedó otro remedio que acostarse en la camilla, el doctor comenzó a auscultarla, miró los ojos y Pepita se quedó mirándolo de cerca, en lugar de faltarle color le sobraba, miró el pulso y no estaba mal, no tenía fiebre, no tenía tos, respiraba bien.

-Y el doctor le preguntó-

-¿A tenido usted diarrea los últimos tiempos?

Pepita se puso ruborizada y avergonzada, miró al suelo y cerró los ojos porque esto era otra cosa que no había pensado, y comenzó -diciendo-

-No doctor, o... más bien Segismundo, yo no nunca he tenido eso... yo no sé. Se paró de hablar porque no sabía más que decir.

El doctor se volvió a quedar pensativo, y después se dio

cuenta qué, Pepita no estaba mal del estomago; ¡No estaba embarazada! estaba normal.

-¿Y qué es lo que tiene señorita Pepita?

¿Es qué le duele algo en particular? -volvió a preguntar el doctor-

-Pepita, tenía al médico todo intrigado y a su vez sospechoso, pues ya estaba comenzando a dudar de la enfermedad de Pepita.

Durante unos minutos se quedó absorto, se dio cuenta que la señorita no tenía nada de enferma, y un poco sonriente y amablemente, comenzó a decir.

-La verdad es que no veo gran cosa que le pueda pasar por el momento.

-Debe ser que como no duerme bien, en el día está un poco cansada; pero si podría en lugar de recomendarle fármacos, que usted comiera algo de frutas, pues las frutas contienen vitaminas, y así por el momento le puede ayudar hasta ver si tiene alguna otra cosa; entre tanto le vamos a hacer unos exámenes para estar más seguros.

Y ella apresurada, ya no se sintió más enferma y tratando de interesar al doctor, -pregunta de nuevo-

-¿Y qué clase de frutas doctor? Pueden tener más vitaminas, para poder reconstituir mi debilidad.

-El doctor respondió-

-Bueno cualquier fruta tiene vitaminas y... puede ayudarla

-¡Hay que bien! -contestó Pepita sin dejarlo terminar lo que le estaba diciendo-

-La verdad es que a mí lo más que me gustan son los tomates.

-¡Ah tomates...! -dijo el doctor- sería bueno que coma

fresas; pero de todas maneras, los tomates son buenos también.

El doctor se quedó sorprendido, no esperaba que fueran tomates; pero como ella no estaba enferma se decidió por lo primero que le apareció en la mente, pues con la confusión y el deseo de agradar al doctor, no sabía que decir.

Después de unos minutos volvió ella a querer hacerse la interesante, y con el deseo de mantener una conversación con don Segismundo; toda apresurada hablando rápido, hasta se olvidó que estaba enferma y comenzó a decir disparates.

-¿Cómo cree usted doctor que son mejores?; O como tienen más vitaminas ¿Verdes o maduros?

Y continuó hablando Pepita, toda emocionada, diciendo sandeces.

-Aquí tenemos bastantes tomates, a que hora del día los puedo comer, o sería mejor comerlos en la noche antes de acostarme; yo creo que son buenos para bailar verdad, me gustaría que fueran buenos para crecer, yo quisiera ser un poco más alta; pero con unos tacones soy más grande y elegante.

El doctor la miró y se rió con todas sus ganas, Pepita también se rió; pero él, quedó desconcertado, pues Pepita le hacia preguntas inverosímiles, que el no esperaba y que no eran pertinentes con lo que ella estaba diciendo de su enfermedad, con toda esta confusión no sabía que responder, tenía ganas de reír de nuevo; pero se contuvo, tratando de hacer bien su trabajo y un poco indeciso contestó.

-Bueno... los tomates, no son buenos para el sueño... verde; pero no mucho, medio rojo y... un poquito verde solamente y los puede comer cuando quiera. Así, la señorita exclamó, toda apresurada.

-¡Hay que bien! voy a comer todos los tomates que pueda, así me voy a sentir mejor rápido, porque la semana que viene hay una fiesta y yo quiero estar bien para poder bailar.

A esto Pepita, esperaba que el doctor preguntase donde era la fiesta, siempre creyendo que él, estaba interesado y quería salir con ella; pero el doctor se limitó a seguir sus palabras y no preguntó donde ella quería ir a bailar.

Pepita se quedó esperando un momento, quiso invitarlo ella misma, de pronto se detuvo, lo miró y aunque estaba bien decidida a lograr su objetivo, se dio cuenta que don Segismundo, tenía un aire de separación; entre el amigo con el que hablaba todos los domingos en la plaza de la Iglesia y que decía palabras graciosas para hacerla reír; y la persona que estaba delante de ella en este momento, ¡El doctor!

A Pepita le dio vergüenza, de momento se sintió acobardada, se había ilusionado y había preparado esta visita durante varias semanas, había imaginado todo tipo de fantásticos escenarios en el consultorio del doctor; ahora delante de él, se sintió pequeñita, se sintió débil, no tuvo la fuerza de voluntad necesaria para decirle directamente, que ella quería ir a bailar con él, un poco retraída volvió a preguntar.

-¿Usted cree que yo voy a poder bailar... así enferma doctor? ¿No cree que me pueda hacer daño?

El doctor le respondió.

-¡No yo creo que no, usted puede hacer todo lo quiera!; yo no la veo mal como para no poder bailar.

El doctor se dio cuenta que estaba delante de otro caso complicado, casi igual que con la señorita Lourdes, y continuó aconsejándola con cuidado.

-Puede que un poco de ejercicio le caiga bien, pues hay algunas veces que nos encontramos indispuestos y es necesario mover el cuerpo, ya sea bailar o caminar, es un ejercicio bueno para la salud.

Y bien serio le volvió a repetir.

-No se preocupe vaya tranquila que usted no tiene nada de enferma.

Pepita, desanimada se sintió aturdida; pues ya se dio cuenta que el doctor sabía que ella no tiene ningún malestar, sin saber que decir seguía esperando que el doctor se ofreciera para invitarla a bailar; no quería irse sin lograr lo que se había propuesto, se dio coraje y preguntó de nuevo.

-¿Y a usted no le gusta bailar Segismundo?

El doctor cambió el semblante y un poco sonriente -le respondió.

-!Claro! a mí también me gusta bailar, la verdad es que no tengo mucho tiempo libre.

Cuando el doctor dijo esto como desquite, con un tono tajante para cortar la conversación y no comprometerse invitándola a bailar, o decirle que él no estaba interesado en salir con ella a ningún sitio para no desagradarla, precisamente en su consultorio, a Pepita se le cayeron todas las ilusiones al suelo; se dio cuenta que el doctor no tenía interés, ni ningunas intenciones de invitarla a bailar; esperó unos instantes y don Segismundo le volvió a decir.

-No se preocupe, vaya tranquila que no es nada de importancia.

Visto que también él, bien serio se quedó mirando y sin decir nada, para ver si ella pedía algo más, la señorita Pepita saludó, y comenzó a salir.

-Bueno muchas gracias doctor Segismundo, voy a seguir

su consejo, y hasta el domingo que nos veamos en la Iglesia, adiós doctor.

-Hasta luego señorita Pepita -contestó el doctor- que le vaya bien.

Dos días después volvió al doctor la señorita Pepita, esta vez ya tenía una mejor trama preparada, lo había pensado bien, estaba totalmente decidida y desesperada; se puso una crema blanca en la cara para que pareciera de verdad enferma.

Entró y como ya era su costumbre en ella, se volvió a poner melosa y casi llorosa, comenzó su fingimiento diciendo.

-¡Ahora si que estoy mal! El doctor al verla pálida, y con cara de tragedia, pensó que era más grave; siempre con su habitual gentileza, bien serio saludó a la señorita y preocupado preguntó.

-¿Qué le pasa Pepita, no se siente bien?

Y ella se dio cuenta que el doctor se preocupó y comenzó la farsa, con la boca medio cerrada de un lado, -comenzó a decir-

-Yo no creí que los tomates eran tan malos, ya otras veces había comido tomates y no me hacían mal, y ahora no se lo que pasó, ¡Hay doctor! me comí solamente tres tomates verdes, y me ha dado una sequedad en la garganta, carraspeo... y hasta tos; anoche estuve toda la noche sentada en la cama sin poder dormir, se puede decir que ahora estoy peor que antes; tengo un dolor en un lado de la mandíbula, que no puedo ni siquiera abrir la boca o mover la cabeza hacia la derecha, porque también creo que tengo tortícolis !Cómo si fuera poco!

-Y toda decidida, -siguió diciendo.

-Pero si usted quiere ¡Míreme doctor!

Abrió la boca y cerró los ojos, esta vez estaba alocada, irreflexiva y determinada a hacerle ver al doctor, que ella está completamente loca por él, había llegado el momento de la decisión final, y pensando entre ella con rabia sin querer, casi le salieron las palabras de la boca.

-O se decide, o se pierde todo; "Pero Lourdes no se va a quedar con el doctor"

Pepita estaba totalmente cautivada y creída, que el doctor también sentía una atracción y un interés especial en ella, con el miedo lo más que le preocupa es Lourdes, como las otras amigas habían dicho que era tímido; pensó que él, no se atrevía a declararle su amor, por ser vergonzoso; ya se había dado cuenta que el doctor se ruborizaba cuando ella se acercaba demasiado, o decía alguna palabra un poco atrevida y no pensó que ella, al doctor no le gusta como novia.

El doctor como persona prudente que está en su consultorio y haciendo su trabajo, no quería acercarse mucho.

Y Pepita inconsciente, estaba dispuesta a ser ella la que tomaba la iniciativa, se le aproximó, se quedó esperando con los ojos cerrados, y se acostó en el pecho del doctor esperaba emocionarlo, para ver si él hacía algo y se le quitaba de una buena vez, lo que ella pensó; la zozobra que lo estaba reteniendo para decirle lo que ella estaba esperando que le dijera.

¡Pero no! El médico, con todo cuidado se retiró un poco así atrás, y trató de no rozarse mucho, pues también el doctor tenía su propia intuición.

Don Segismundo se puso una lupa en la frente, algo así como para ver más grande de lejos, y esta vez no equivocarse, le abrió la boca y miró hacia dentro y sorprendido, -contestó el doctor-

-Pero no tiene nada ¿De que lado le duele la garganta?

Y pepita toda apresurada -le contestó-

-No,... no me duele de un lado, me duele toda.

-No creo qué … no está tan mal, está bien no... tiene nada. -contestó el doctor-

Porque había visto como un túnel y no se veía ninguna inflamación en la garganta.

Así en lugar de la atrevida Pepita tener un poco más de crédito ante los ojos del doctor, que es lo que ella estaba buscando, aunque aparentemente era imposible lograrlo, lo que hizo es retroceder en su empeño.

El doctor no se preocupó mucho, pensó que la señorita era un poco caprichosa, tenía un complejo, o estaba un poco perturbada, ya no sabía más que decirle a Pepita, y perplejo -exclamó-

-¡Pues es la primera vez que veo esto!; pero puede que usted se haya comido los tomates demasiado verdes.

Pepita, al ver al doctor desesperado tratando de ver lo que tiene y no encuentra nada, se estaba poniendo casi a llorar, para que el trate de consolarla.

El médico trató de convencer a la enferma, para que no se disgustara por el problema ¡Que ella dice que tiene!

A él le pareció algo extraño, y no queriendo contradecirla o molestarla, ¡Para que no se empeore! y a su vez quiso darle un poco de estímulo, y contentar a la señorita para tranquilizarla, continuó diciendo amable y con voz consoladora, como si ella fuera una niña pequeña.

- Oh... Pepita ¡No se preocupe! yo creo que usted está asustada, piensa que le hace daño cualquier cosa, lo que pasa

es qué... usted es una persona delicada, y se impresiona muy fácil.

-Y continuó el doctor con una suave voz que en lugar de calmarla, lo que hizo es emocionar más a Pepita-

-Mire Pepita, le -sugirió, don Segismundo- lo mejor que usted puede hacer es ir a casa, y tomarse una cucharadita de miel, una en la noche y una en la mañana, ¡Que la miel es dulcito! así la garganta se va suavizando poco... a poco.

-¡Y no vuelva a comer tomates verdes! Como veo que a usted le gustan tanto los tomates, la próxima vez, trate que estén, ¡Bien maduros!; que no creo que le vayan a hacer daño, para que no le vuelva a dar la sequedad en la garganta... también podría comer otras frutas.

Ella volvió a decir, así como delicada y lastimada, había visto que el doctor la trató con tanta delicadeza, con un poco más de confianza y siempre tratando de ser amigable, se volvió a acostar en el pecho del doctor y casi con un suspiro exclamó.

-¡Hay Segismundo!.. yo sabía que usted es... ¡Tan bueno!; estaba casi segura que me iba a mandar algo suave, de pronto me dio un susto tremendo, pensé como si hubiera querido...¡Ponerme una inyección! y a mí no me gustan las inyecciones, ¡Pues le tengo miedo! mismo que sea usted que me lo hubiera sugerido, yo no la quiero por nada del mundo, ¡A mí nunca me han puesto una inyección!

El doctor tratando siempre de ayudarla, él se retiró un poco hacia atrás, y le dijo.

-¡No Pepita no tenga miedo!

Al oír al doctor decir esto, Pepita se enterneció, entusiasmada y riendo sola, había encontrado un sujeto de conversación, ya ella creyó que el doctor estaba emocionado y la estaba tratando con más intimidad, como a una verdadera amiga; con mucha amabilidad quiso aprovechar la situación y comenzó a hacerse la delicada con él; cambió la voz y de nuevo haciéndose pasar por enferma, convencida que esa es la mejor manera para apasionar al doctor, volvió a decir casi como un lamento.

-¡Hay Segismundo!, en este momento casi no sabría que decirle; ¡Me siento tan mal! ¡Que no sé!; soy capaz de cualquier cosa, casi podría decir que hasta una inyección no me caería tan mal.

El doctor no pudo contener la risa, ya se dio cuenta que Pepita, tiene algún problema interior, para calmarla y de una menara conciliadora, para que no se impaciente de nuevo, y siempre pensando en el desmayo de Lourdes -el doctor le dijo-

-¡O... no Pepita! Eso no necesita inyecciones, no se preocupe, que con esto se le va a pasar la sequedad en la garganta, -¡Y sin inyecciones!. a mí tampoco me gusta poner inyecciones a todas las pacientes, yo solo le pongo a las que lo necesitan, cuando realmente están muy enfermas, y tenga calma que ya mañana se va a sentir mejor.

Pepita toda emocionada, pues pensó, que el doctor la estaba tratando de una manera diferente, con una suave amabilidad y más confianza que en el principio; ya creyó que había logrado lo que ella se propuso, y muy suave, ella también le contestó.

-¡Hay gracias Segismundo! acaba de devolverme la salud ¡La tranquilidad! ¡La vida! ¡Y la alegría de vivir!; ¡Menos mal que no tengo nada!; por lo menos ahora voy a poder dormir, que bueno que es usted como doctor... ¡Y también como amigo!, y toda lánguida Suspiró.

El doctor sorprendido respiró profundo también él, se dio cuenta que la señorita tiene una dificultad.

¡Y él! Sin pensar, en los desesperados amores de Pepita; creyendo que era una paciente un poco desquiciada, o acomplejada, orgulloso se felicitó por haberla tranquilizado.

Pepita se sintió enternecida, había perdido la noción del tiempo; de momento se olvidó de la sequedad en la garganta, de la tos, y casi adormecida por el éxtasis que le causaron las palabras de don Segismundo; había olvidado hasta cual era la enfermedad que la llevó al consultorio del doctor.

De pronto se quedó pensativa, permaneció callada unos segundos, y el doctor mirándola hizo un gesto, como si quisiera preguntar.

-¿Quiere algo más!?

Pepita volvió a mirar al doctor de nuevo, pues don Segismundo era mucho más alto que ella, y tenía que levantar la cabeza para verlo; en unos instantes se sintió avergonzada, y no quiso continuar con el ataque, además; en este momento no quería echar a perder lo que ella creyó una iniciativa de parte del doctor y menos quería que el doctor advirtiera, lo que ella pretendía.

Ya se dio cuenta que al doctor hay que llevarlo con cautela; ahora después de tanta odisea, se mostraba amable con ella y pensó que su ingeniosidad, estaba dando resultado.

Así con un poco más de confianza, antes de salir volvió a mirar al doctor; se le habían iluminado los ojos, con una mirada cuajada le tendió la mano y cuando ya tuvo la mano del doctor entre las suyas, porque había puesto la otra mano encima de la del doctor, Pepita le dijo.

-¡Hoy a sido una día maravilloso para mi! no solamente

acabo de saber, que no estoy enferma, ¡Que es lo más que yo me temía! sino que usted acaba de hacerme ver, que gracias a dios, hay buenas personas en el mundo; pero así inteligente y amable como usted, ¡Yo creo que no hay nadie!

Y Pepita, todavía con la mano del doctor entre las suyas, no lo quería soltar, dio un paso atrás y el trató de deslizar su mano del medio de las manos de Pepita, para quitarse la presión, y Pepita poco a poco fue retrocediendo y se despidió.

-Bueno hasta después. Pepita saludó y comenzó a salir, llegando a la puerta volvió solamente la cabeza atrás y le dijo con un suspiro.

-¡Hasta luego Segismundo!, ahora ya sé, cuando tenga algún otro problema, vuelvo a visitarlo, porque ya me di cuenta que usted, es el mejor médico que ha venido aquí al pueblo.

-Hasta luego Pepita, vaya tranquila, no deje de pasar por aquí cuando usted quiera, aquí estoy yo para ayudarla en lo que usted necesite. -contestó el doctor, pues ese era su trabajo-.

Pepita salió del consultorio del doctor, como si estuviera adormecida; ahora sintió una fascinación aún más grande por don Segismundo, ésta, su segunda visita, le había proporcionado un inmenso éxtasis, estaba totalmente embriagada, la voz del doctor la tenía en sus oídos, aún estando lejos de él, la imagen de don Segismundo estaba delante de sus ojos, cuando salió del consultorio, se reía sola, embelesada se hablaba consigo misma, se felicitaba por el éxito que había logrado.

Y ya comenzaba a preparar, otra imaginativa enfermedad.

En principio ella quiso tenerlo asustado, para hacerle creer que la culpa de su sequedad la tenía él, y sintiéndose culpable, le dedicaba más atención, la pobre Pepita, camino a la casa, iba pensando.

-¡Hay, me dijo que vaya cuando yo quiera! parece como si a él, le gustara que yo vaya; seguro que estaba contento de hablar conmigo; lo he visto... que se reía todo feliz, con razón me dijo que vuelva.

Y toda confusa, comenzó a preguntarse ella misma.

-¿Pero ahora si voy otra vez que le digo? ¿Es qué yo me voy a tomar la miel? A mí me gusta la miel, que contenta que estoy ¡Todo me salió bien! estoy segura que no se dio cuenta, que yo no estoy enferma.

Y preguntándose a si misma, continuó a voz alta.

-¿Qué voy a hacer yo, para ir al doctor otra vez? ahora es bien importante; no tengo que dejar perder esta oportunidad que se me está presentando, ¡Y voy a volver!; la próxima vez tendré que decirle que me duele algo de nuevo; ¡Pero no sé qué! no me gustaría que pensara nada malo de mí; pero ahora no quisiera perder esta amistad tan bonita, porque se mostró ¡Tan amigable conmigo!; y también estoy segura que con unas cuantas visitas más, me dice algo, como por ejemplo: ¡Yo estoy enamorado de ti!, O... Estás preciosa. ¡Eso sería un milagro!; ¡Eres la más bonita del pueblo!, ¡Así gordita, es que me gustan a mí las chicas!; porque lo he visto, que me miraba con unos ojos, ¡Hay dios mío! cuando vuelva la próxima vez, seguro que me lo va a decir.

Y así imaginándose Pepita lo que ella quería que Segismundo le dijera, continuó hablándose consigo misma, y de pronto exclamó casi gritando.

-¡Hay si se lo digo a todas las demás!; lo que me ha pasado

hoy no lo van a creer, o se van a poner celosas; pero no le voy a decir nada, para que ellas no vayan, mi idea no se la doy a nadie; porque seguro que Lourdes que es la más atrevida y como se cree la más rica del pueblo, está tratando de llevárselo para ella sola; yo quiero ser la primera, la próxima vez yo misma lo voy a invitar, estoy segura que no se va a resistir; después que salga conmigo ¡Si me pide que sea su novia!, ya no lo voy a dejar solo y si se le acerca alguna de ellas; ¡Tendrán que enfrentarse conmigo!

-De todas maneras a quien podría yo preguntar por alguna enfermedad, para que la próxima vez que lo visite, sea algo más serio, yo lo que quiero es que se enamore de mi! ¡Pase lo pase!

Al día siguiente de haber estado Pepita visitando al doctor, todas las amigas estaban intrigadas.

Como ellas se estaban vigilando unas a las otras, se dieron cuenta que Pepita había ido dos veces en la misma semana al consultorio del doctor, las amigas y sobre todo Lourdes quería saber, y preguntó a Isabel.

¿Cuál será el motivo de esta visita? Isabel no sabiendo porque razón Pepita había visitado dos veces al doctor, se pusieron de acuerdo todas las enamoradas, hasta el punto que fueron varias de las interesadas, a casa de Pepita para preguntar a la madre y ver si ella estaba enferma; la madre de Pepita se quedó sorprendida y asustada, al no saber que su hija sufría de algún malestar.

Las amigas de su hija, de inmediato se dieron cuenta las malas intenciones de Pepita; también ella había ido al consultorio del doctor, y las estaba traicionando sin decir nada.

CAPITULO 6

AL DOCTOR LO ESTÁN PERSIGUIENDO

*D*espués de toda esta confabulación en contra del doctor por parte de Lourdes, uno de los domingos, como era su costumbre, el doctor fue a la Iglesia.

Cuando ya estaba en la misa había varias que lo miraban; de todos los ángulos había una que lo estaba observando.

El doctor se dio cuenta que ahí había un problema, porque todas lo miraban con expresiones de desagrado y de desafío.

Como estaba dentro de la Iglesia, se quedó con la con la cabeza baja como si estuviera rezando; cada vez que levantaba un poco la mirada a un sitio, había una que lo estaba observando, o que tenían los ojos fijos en él, pues ya no sabía que hacer y dijo a sí mismo.

-"Voy a tener que rezar todo el tiempo hasta que salgo de la Iglesia"

Y esta inquietud siguió, hasta el momento que el señor cura dio la bendición.

Todos los fieles empezaron a salir, la mayoría de todas las jóvenes se fueron aproximando cerca de la salida de la puerta principal; agrupándose a un lado para abordar y cerrar el paso al doctor, estaban frustradas decepcionadas y enojadas; todas querían enfrentarse con el doctor y preguntar, cuál era el motivo de esta falsedad; pues ya todas las parroquianas sabían que quería conseguir una novia "A su gusto" como él mismo había dicho, ya había pasado más de un año y hasta el momento no se había dirigido a ninguna de ellas en particular.

Todas continuaban con la esperanza de poderlo enamorar, y darle el tiempo para que él se decida; ahora para colmo de males, dice que ya tiene novia y que se va a casar, para estas jóvenes esto era bien extraño, engañoso y traicionero

El doctor, ya se dio cuenta de la complicación en que estaba metido, y como persona honorable no se puede poner a discutir con todas estas mujeres al mismo tiempo y menos dentro de la iglesia, todo nervioso, -le dijo a su hermana-

-Voy a preguntar algo al señor cura, ten cuidado no te muevas de aquí, espera un momento que ya vuelvo.

El doctor pensaba quedarse adentro hasta que se fueran todas las mujeres y dejó a su hermana sentada esperando por él.

Hasta su hermana, sin saberlo estaba metida en una complicación, don Segismundo, comenzó a caminar hacia a donde estaba el cura y llegó a la sacristía, todo preocupado -le pidió al cura suplicando.

-¡Señor cura ayúdeme! ¡Tengo un problema! ¿Por donde puedo salir?

El cura, al verlo tan asustado, preguntó.

-¿Pero... porque tiene usted problemas? ¡Aquí dentro de la iglesia!

El doctor con los nervios, no pensó lo que dijo, y quiso disculparse, pues no quería explicar al señor cura, cual era su problema -y contestó.

-¡No, señor cura!, no me he explicado bien, lo que pasa es

que hay algunas personas, que no quisiera encontrar en este momento y...

El cura estaba apresurado, se le hacía tarde para el almuerzo, y visto que el doctor no quiso explicar por su propia voluntad, el cura no quiso seguir preguntando para no perder más tiempo, ni continuar a importunar más al doctor, -y le dijo-

-Pues en ese caso por la puerta de la sacristía, de la vuelta y usted va a salir del otro lado de la plaza.

El doctor salió corriendo sin mirar que dejó a su hermana preocupada esperando por él, y así de esta manera se escapó, por el momento.

Allí se quedaron todas las jóvenes, ya habían salido la mayoría de los feligreses y ellas continuaban esperando, se fueron agrupando en la parte de afuera de la puerta principal; pues creyeron que el doctor estaba en la sacristía hablando con el cura y comenzaron a preguntarse unas a otras.

Todas tenían ganas de despreciar al doctor, y Bárbara, que tenía un temperamento alegre y se reía de cualquier cosa, cuando las oyó comentar que todas querían que el doctor se enamorara de ellas, les dijo casi sin poder hablar de la risa.

-¿No me digan que están todas aquí esperando por el doctor? ¿Y que va a hacer él, con todas ustedes de novia? No les parece que son muchas.

Y así comenzaron a discutir entre ellas, unas se reían, y otras se desesperaban, unas lo defendían y otras lo calumniaban.

Pepita inmediatamente lo quiso defender, diga lo que diga Lourdes, Pepita todavía lo tiene en su corazón; para Pepita, sigue siendo su grande amor, su ídolo, su querubín, su Ángel, ella también cree que el doctor las está engañando; pero no quiere que nadie lo moleste ni siquiera con una sílaba, ahí está ella para defenderlo, pase lo que pase, y casi llorando comenzó a decirle a todas las demás amigas.

-¡Don Segismundo!.. ¡El doctor! Es la mejor persona que ha llegado al pueblo… ¡Y que yo he conocido! ha sido amable con todas, no ha ofendido a ninguna y menos ha prometido casarse con alguien, si hemos habido muchas esperando por él, ha sido nuestra culpa, por no haber esperado a una mutua amistad por parte de los dos.

-Este hombre, que no ha declarado su amor a ninguna de nosotras…

De pronto Pepita, hizo una pausa, se quedó mirando a todas, pensativa, como queriendo adivinar se había alguna que decía lo contrario, y casi asustada continuó.

-¡Por lo menos, hasta donde yo puedo saber! el doctor se comporta educado y gentil con todo el pueblo, que ayuda a los necesitados y ni siquiera le cobra un céntimo y que ha pasado noches enteras sin dormir, para dar un servicio a todos los parroquianos. -Y Pepita siguió suplicando para que nadie moleste al doctor.

-¡Nosotras! aquí en este pueblo, tendríamos que estar agradecidas, orgullosas, y demostrarle ¡Que si lo queremos!

Y cuando -dijo- ¡Si lo queremos! Ya no pudo seguir hablando, con la congoja se le cortaron las palabras y no sabía más que decir, poco a poco tragando nudos, habría la boca y no le salía la voz, trató de continuar y la agonía que sentía dentro del alma, no la dejaba respirar; le dio tos, se paró un poco para inhalar aire otra vez y poder seguir implorando, para que nadie ofenda al doctor; todas la miraban con ojos de tristeza, -y ella continuó-

-El doctor hace parte de nuestra comunidad, es nuestro amigo, ¡Don Segismundo! no tiene ningún compromiso con ninguna de nosotras y no a hecho daño a nadie. Se puso a llorar de nuevo, -diciendo-

-¡Tendríamos que pedirle perdón!

Después pensó, que podía ser ella la elegida, respiró profundo, se alegró un poco dentro de sí, miró a todas asustada, cómo si quisiera adivinar si el doctor le había dicho a alguna de ellas que la quería, y volvió a comenzar a implorar.

-Además ya don Segismundo ha dicho que está enamorado de una joven de aquí, ahora hay que esperar para que él decida y se lo diga a la elegida, por su propia voluntad.

Y Pepita, pensando ella misma, lo difícil que es que el doctor le diga, que es a ella que quiere, se entristeció de nuevo, bajó los ojos y mirando al suelo sin decir nada más, otra vez, se fue a su casa corriendo y llorando desesperadamente; como si hubiera sido una chiquilla a quien le quitan un caramelo de la boca.

Lourdes que estaba totalmente desengañada, despechada, y con un odio que le había matado su orgullo, no podía tolerar haber sido despreciada por el doctor.

Lourdes no lo demostraba, para que las otras amigas no se dieran cuenta que ella con tantas pretensiones que había ostentado, siempre diciendo que ella era la mejor, y no había sido capaz de conseguir, aunque sea la atención del doctor no había sido capaz ni siquiera de hacerlo ir a su casa para bailar con él; pero tragaba nudos de la congoja que la amedrentaba, peor que ninguna de las otras, aún más disgustada que Pepita, y no conseguía sino malos pensamientos en su cabeza, y palabras desagradables para denigrar al doctor; no fue capaz de decir nada bueno del médico y para hacer ver que le da lastima, al menos de Pepita, - Lourdes comenzó a decir-.

-Pepita está equivocada, porque la pobre es sentimental, llora por nada, estaba pensando y se cree que el doctor la quiere a ella, a mi me da lastima y no le quiero decir nada para no amargarla más, porque se ilusionó sin ningún motivo; pero yo no creo que el doctor está enamorado de alguien aquí, ya Segismundo le dijo a mi hermano, que tiene novia en su pueblo, !Y se va a casar!

Juanita, dice que él mismo le había dicho que se enamoró de una joven del pueblo y no se sabe quien es.

-¡Y a quien le dijo eso el doctor! exclamó Bárbara muriéndose de risa, a ti! Ja,...ja, ¡Eso no es verdad!

Y las otras gritaron indignadas.

-Digan lo que digan, -dijo- Ángeles. ¡Esto es una traición!

Isabel, que también estaba desagradada, ayudó a Lourdes y -dijo-

-El doctor nos engañó a todas, si es verdad que ya estaba comprometido con novia para casarse, debió haberlo dicho y no hubiera pasado nada, a él nadie lo iba a obligar a casarse aquí en el pueblo; ¡Pero debía haber dicho la verdad! y no alimentar las esperanzas en todas nosotras, sobre todo Pepita, que se ve que está sufriendo, y a lo peor hasta se va a morir. !Pobrecita!; !Sabe dios como va a salir de este disgusto!

Ellas habían creído, estaban convencidas y con la ilusión, que alguna podía atrapar a don Segismundo; al oír que él se va a casar, le cayeron los ánimos en tierra a todas al mismo tiempo, es comprensible que estén defraudadas, que se sientan engañadas y su amor propio vapuleado y desmoralizado, ésta derrota les cayó como un rayo encima de la cabeza, Lourdes, acaba de quitarles la única esperanza, que aún mantenían.

El doctor está en una verdadera complicación, que ni él mismo se lo imagina.

Su hermana esperó sentada hasta que ya no quedaba nadie más en la Iglesia; cuando vio que su hermano no regresó, fue hasta la sacristía, quiso hablar con el cura; pero el doctor no estaba ahí y el sacristán le dijo que su hermano ya se había ido.

De esta manera se fue a su casa también ella toda preocupada, por no saber cuáles serán los problemas, en los que se había metido su hermano.

Así sin pensarlo hasta con su familia tendrá que defenderse don Segismundo, !Y sin haber hecho ningún mal!

Después de salir corriendo por la parte de atrás de la Iglesia, el doctor tuvo que remontar un camino pedroso y pendiente; todo asfixiado por el esfuerzo que estaba haciendo, pues no estaba acostumbrado a caminar, le preguntó a un viejo que se encontraba sentado en el peldaño de la puerta de su casa.

-Señor, por donde puedo salir de este laberinto para poder llegar a la calle de Rivero.

El viejo masticando tabaco, despedía un olor nauseabundo, no había entendido lo que el doctor le preguntó, sin saber de que se trataba se levantó del sitio donde estaba sentado y se aproximó a don Segismundo, para poder oír, lo que le preguntaba.

El doctor retrocedió dos pasos hacia atrás y volvió a preguntar, alzando la voz para que le pudiera entender; el viejo le señaló con el dedo índice donde estaba la plaza de la Iglesia.

Don Segismundo no quería volver atrás, ya había salido escapando y lo único que deseaba en ese momento, es desaparecer del sitio; siguió caminando cuesta arriba hasta que llegó cerca del cementerio.

Estaba totalmente perdido, agotado, caminando en veredas que no conocía y que nunca había pasado, transpirando y asfixiado, volvió a preguntar a un zagalón que jugaba fuera de su casa con una hormiguilla, una especie de camioncito de juguete hecha por el mismo con alambre de y hierro, -y el chiquillo le dijo-

-Usted está en la calle de Rivero, ahora solo tiene que bajar otra vez.

Don Segismundo le dijo que si con la cabeza al chiquillo y fue bajando lentamente; estaba tan asfixiado con la lengua a fuera y la respiración truncada por momentos, después de esta escapada llegó a su casa.

El doctor, exhausto y con dificultad hasta para respirar, totalmente desanimado, nunca en su vida pensó que tuviera que escapar de esta manera, de las mujeres que lo pretenden, siempre había sido él que le corría detrás, esta vez la persecución cambió de sentido, mientras caminaba fue pensando

"Cual será la mejor solución" para evadirse de este problema; ¡Qué será lo mejor que puedo hacer! para yo salirme de este laberinto, aquí no voy a poder hacer nada más, me voy a tener que ir del pueblo, si esta persecución continúa así estoy perdido.

-Porqué yo, si no encuentro la joven que a mí me guste, por fuerza no me van a casar, ya estaba contento había encontrado amistades, clientes, y está llegando el momento que no sé que hacer, "Pero ya no puedo estar más aquí" Se dijo así mismo, todo desesperado.

Don Segismundo dentro de sí, se sintió completamente decepcionado y desmoralizado, él también estaba perdiendo la voluntad y el deseo de quedar ahí ni un día más, de pronto -se preguntó.

-¿Y donde me voy a ir yo?

A este punto el doctor pensó que tenía que comenzar a defenderse del asedio, del cual estaba siendo objeto; tenía dos alternativas, o se defendía, o estaba obligado de irse.

Don Segismundo no se quería ir, a él le gustaba este pueblo, había encontrado amigos y salía a charlar con ellos; además era un bonito pueblo agrícola cerca del mar y en el cruce de tres poblados, que para su clientela era una ventaja.

Al doctor le gustaba ir al mar, casi todas las tardes iba a bañarse y solearse en la playa, había piscinas naturales de agua de mar y un ambiente agradable.

Para él, es algo que no se consigue en las ciudades; había llegado de un pueblo de montaña húmedo y lluvioso, su madre estaba llena de reumatismo, al llegar aquí cerca del mar y en un sitio soleado, se le habían pasado los dolores.

Su madre y sus hermanas se hallaban contentas, pues el pueblo está cerca de todo.

Está cerca de la capital, y a pocos kilómetros de La Laguna, Ciudad Universitaria, una ciudad medieval, llena de palacios con cientos de años de historia, y que hoy está declarada, Patrimonio mundial de la humanidad.

Su hermana más joven, iba a la universidad, lo cuál era una ventaja para ella, y todas se sentían como si estuvieran de largas vacaciones.

El doctor don Segismundo, no había pensado en la posibilidad de desplazarse del pueblo, para ir a encontrar otro sitio y tener que comenzar de nuevo.

Así pensó, quedarse un poco en la casa para evitar encontrarse con sus admiradoras; no quería ofender a nadie, y no podía decirle a nadie lo que le estaba pasando, por miedo a que le ocurriera lo mismo que la vez anterior. Lo mejor era de encontrar la manera como podía salirse de este compromiso, que le habían creado algunas jóvenes casaderas y sin querer lo habían colocado en un problema bien serio para él.

Entre tanto, casi todas las pretendientas del doctor, comenzaron también a planear que podían hacer ellas para atraer la atención de don Segismundo; porque lo que habían hecho hasta este momento, no había dado ningún resultado.

Llegaron a la conclusión que al doctor no lo podían enamorar, habían tratado por todos los medios y no había manera, ninguna de ellas lo había logrado.

Muchas de las desesperadas estaban casi seguras que el doctor, no tiene novia.

Pasaba los domingos en el pueblo y no lo habían visto acompañado por ninguna mujer.

Unas cuantas desistieron totalmente, ya no querían saber nada más del doctor.

Isabel toda desagradada, pues había sido ella la que bailó con el doctor en la plaza, él se mostró tan gentil y la hizo creer que tiene un interés especial en ella, e Isabel alimentó las ilusiones pensando que podía esperar por una declaración de amor; hasta este momento había mantenido una grande esperanza; igual que todas las demás; pensando que el doctor le había dedicado más atención a ella que a ninguna de las otras y despechada, -Isabel comenzó a decir-

-Prefiero casarme con uno de mi pueblo, así va a ayudar a mí padre en las tareas de la tierra.

El doctor, llegó diciendo que era soltero, a muchas de ellas les dijo que eran bonitas y que a él les parecían bien agradables; pero a ninguna le habló de amor.

A Lourdes le dijo que estaba preciosa, ella pensó que al ser rica y preciosa, tenía más ventajas que ninguna de las demás, y ya podía conseguir todo lo que ella deseaba.

Las otras se sintieron fracasadas, y ya no tenían ningún deseo de correr más detrás de él.

Y habían bastantes jóvenes bonitas en el pueblo, solo que las perseguidoras, no eran precisamente las que le gustaban a don Segismundo, y él estaba decidido, a no dejarse manipular por ninguna de ellas.

CAPITULO 7

LA FIESTA DE LA COMARCA

*P*or esta época del año se iban acercando las fiestas patronales de la comarca; en la cuál hay música, bailes, todo tipo de juegos, elección de la reina, carrozas fuegos artificiales; Y la fiesta de los corazones: (Única en toda la isla).

Se reúne toda la comunidad con el mismo espíritu, para dar gracias al santo patrono, por la buena cosecha que han tenido y de pasarlo bien.

Así todos los jóvenes tienen la oportunidad de conocerse entre ellos, y de entablar una amistad que la mayoría de las veces culmina en el matrimonio.

El doctor Segismundo se encontraba en un dilema, y al ver la proximidad de las fiestas, pensó que era mejor tratar de llevar a sus trastornadas y apasionadas admiradoras con cautela; para no decepcionar a ninguna y al mismo tiempo no despertar la curiosidad que habían puesto en él; pues todas continuaban, aún sabiendo que ya él se va a casar, con el mismo interés, de enamorar... al caprichoso y difícil doctor.

Así en lugar de salir en las tardes como ya era su costumbre desde el principio, don Segismundo se quedó en la casa. Al pasar los días y después de haber reflexionado un poco, decidió ir en su coche a la ciudad más cercana; La Laguna, donde también tenía algunos amigos.

Entre tanto la señorita Lourdes, como ya le había dicho a todas sus amigas, que el doctor ya tenía novia en su pueblo y que estaba buscando casa porque se quería casar.

Algunas de ellas no se lo creyeron; pero de todas maneras, esta noticia no la esperaban, y se formó un tremendo revuelo; ya no solo entre las atrevidas que lo perseguían, sino también entre algunas otras jóvenes del pueblo, pues por las costumbres de la época, no estaba bien visto, que una mujer fuera a decirle a un hombre que el le interesaba, y tenía que esperar a que fuera el hombre que decidía; afortunadamente estos días las cosas han cambiado, y en algunos casos, se puede decidir de otra manera; por eso es que ellas estaban esperando con paciencia, para ver cuál era la elegida del doctor.

Todas tenían su orgullo, aunque no todas tenían el mismo interés, pues habían algunas que lo consideraban arrogante y orgulloso, y otras como una persona que solo le importaba una clientela, para encaminar bien su carrera.

De esta manera, cuando comenzó el vaivén, de comentarios a cerca de su matrimonio, sus admiradoras comenzaron a encontrarle todos los defectos, y las primeras en opinar fueron precisamente las que lo querían enamorar por la fuerza y no lo lograron, Laura, -les dijo a todas.

-¿Óiganme, se han enterado? Que el Nuevo doctorcito se va a casar.

-Según parece, tiene una novia en su pueblo y nadie sabía nada.

-¡Míralo que sabido! -Dijo Edelmira-, llegó aquí diciendo que era soltero y que no tenía novia, ahora resulta que ya se va a casar.

-¡Ah....si! y como lo supiste -contestó Ramona-

-Claro ¡Lourdes lo sabe! porque el doctor es amigo de su hermano, y se lo dijo en secreto; según parece está buscando vivienda, para él y su nueva esposa.

A estas jóvenes, les dio unos tremendos celos, que ya no sabían que decir y Mercedes -Contestó.

-¡Ah si, vaya...! Pues mi padre tiene una casa vacía y le voy a decir que no se la alquile, no me gustaría encontrarme todos los días delante de mi casa, con su supuesta novia; ¡Y que sea alguna pretenciosa como él! yo ya me había dado cuenta, que estaba tratando de enamorar a todas nosotras, ¡Siendo que ya tenía novia para casarse!

Y Ana dijo.

-¡Yo... no voy a volver a su consulta! fui a verlo por un dolor y me dijo que yo no tenía nada.

Y así comenzaron a crearle, una increíble mala fama al doctor y ¡Sin ser verdad!

El pobre don Segismundo, se encontraba sin esperarlo en la boca de todas sus perseguidoras y no con muy buenas palabras; ahora si que estaba en una verdadera complejidad.

Fueron pasando los días y las semanas, y cada vez eran menos los enfermos que se presentaban a su consultorio; don Segismundo pensó que como era casi verano y generalmente la gente no se enferma tanto, no le dio mucha importancia.

Cuando llegaron las fiestas, todo el pueblo salió a la calle, habían parrandas y bailes, se habría las puertas del cine para que entraran todos los parroquianos; se reunían las rondallas con sus guitarras, timples, laúdes y panderetas, todo el pueblo bailaba y cantaba, la alegría desbordaba, en todas las caras había una sonrisa; ahí estaban todas las jóvenes del pueblo, ¡Y también el doctor!

Pero esta vez ya no corrieron a rodearlo como de costumbre; algunas lo miraban y le decían "hola" como de compromiso, algo que a él le pareció muy bien, estaba casi contento, pues ya no se vio asediado y perseguido igual que antes, como no sabía cuál era el motivo, pues estaba satisfecho.

Don Segismundo, con sus amigos también fue al cine, donde se habían reunido todas para bailar.

En cierto momento vio una bellísima joven, dotada de una hermosura escultural que le pareció un ángel caído del cielo, jamás había visto una criatura igual, le pareció un prodigio de la naturaza, y -dijo-

-¡Aquí esta la mujer que yo esperaba encontrar! y que va a llenar mi vida: ¡Espero que no tenga novio, y yo le guste a ella también!; eso sería lo más bonito, que me pueda pasar en este pueblo, después de tantas complicaciones.

Decidió invitarla a bailar, la joven, primero estaba de pie, y después se sentó a hablar con sus amigas.

El doctor saludó, contestaron todas al mismo tiempo y con los labios casi cerrados.

Segismundo se mostró amable con ellas, -dijo- algunas bromas e invitó a Carmencita a bailar.

Carmencita lo miró con esos ojos castaños, grandes y brillantes, que al doctor se le clavaron en el corazón, Segismundo se quedó tan impresionado que casi no podía hablar.

Ella lo miró sorprendida, casi insultada. ¿Cómo podía ser? Que un hombre que se está casando, la va a invitar a bailar, a ella precisamente; se puso nerviosa ruborizada, y armándose de valor Carmencita le -dijo al doctor-

-Ah... ¡Y usted está solo hoy! ¡Como es que no ha traído su novia, para que baile con ella? Pues esta es una fiesta bien alegre, y sería bonito verlos bailando juntos.

Todas lo miraron y rieron al mismo tiempo, como si estuvieran burlándose de él.

Segismundo, miró a Carmencita y se rió también, lo tomó como una broma, e insistió para que Carmencita bailara con él.

Carmencita miró también al doctor, y sus ojos se habían cruzado como un imán; después vio a las amigas que tenían todas los ojos puestos en ella, si hubiera estado sola no le importaría para nada los comentarios de las otras, un poco más y se va a bailar con él sin decir nada; la amiga se dio cuenta de la timidez de Carmencita y comenzó a hablar.

Esta joven era de las que estaban frustradas, por no haber conseguido lo que ella esperaba, habló con resentimiento y bien seria dijo.

-¡Caramba don Segismundo! por ahí están diciendo que usted tiene novia y que se va a casar, dicen que va a traer a su esposa aquí al pueblo, esto nos parece un poco atrevido de su parte, ¡Querer bailar con una de nosotras! pues en este pueblo, cuando un hombre tiene novia y se va a casar, no va tratando de enamorar a otras jóvenes; ¡De buena familia como nosotras!

Y aquí se paró un poco, para dar más énfasis a sus palabras, y por fin terminó.

-¡Y eso es una gran ofensa! Que una persona como usted no tendría que hacer.

El doctor se quedó sorprendido y extrañado; turbado, todas lo miraban al mismo tiempo con expresiones de desagrado, y él -respondió-

-¡A si... quien dijo eso! ¿Quién les dijo a ustedes que yo tengo novia y me voy a casar?

-¡Eso no es verdad!

Casi todas dijeron al mismo tiempo, que Lourdes lo sabía.

Don Segismundo se quedó mudo, no esperaba encontrarse con esta contrariedad. Para él es un desagrado aunque sea discutir con alguna; pues este tipo de controversias con las jóvenes del pueblo, no es por ningún motivo agradable, ni para él, ni para ellas, y esto es precisamente lo que el doctor quiere evitar.

En este momento le dolió más que nunca, el doctor no pensó, que todas las habladurías de sus enamoradas y lo que había dicho él mismo, en casa de Lourdes, le fueran a causar una inconveniencia tan grande; justo en este momento, precisamente ahora, que estaba tratando por su propia iniciativa, de hablar con una bella joven y de la cuál si estaba bien interesado.

Como persona educada el doctor creyó, que no tenía porque insistir, y no quiso dar más explicaciones ni seguir discutiendo, pues ahí había muchas y era difícil de convencerlas a todas al mismo tiempo, de algo que el mismo no podía y no sabía como explicar.

El doctor por ningún motivo, no podía decir la verdad, pidió disculpas y se retiró.

Llegando la noche había bastante gente en la fiesta, el se reunió con sus amigos que también tenían sus guitarras, cantaron, bailaron, tomaron vino y se divirtieron hasta el amanecer; la velada fue extraordinaria y grandiosa, durante varios días no cesaron de salir, la fiesta había durado casi un mes y todos se divirtieron de lo mejor.

Segismundo, ya había visto la mujer que le gustó, pensó esperar la oportunidad de encontrarla en otra ocasión y con el tiempo poder explicar cuál era la verdad de las habladurías que estaban en la boca de todo el pueblo.

Pasando los días se encontró con su amigo Manolo, el hermano de Lourdes.

Manolo, a forma de amigo, pues ya no estaba tan contento como antes con el doctor, -le preguntó-

-¿Cómo van las cosas Segismundo? ¿Cuánto falta para la boda?

El doctor, queriendo ocultar lo que había dicho con la confusión en casa de su amigo, no quiso admitir que era verdad lo de la boda; pero no podía y no quería decir que era una mentira, y solo pensó otra vez en disculparse, trató de omitir el error y le contestó.

-¿Cúal boda? Preguntó el doctor

-¿Cómo que cuál boda? La tuya, -contestó Manolo.

-Hombre ¿No me digas que ya te arrepentiste?

Y viendo la expresión de desagrado que puso el doctor, Manolo se rió como si fuera una gracia, para disimular su curiosidad.

En este momento, el doctor se dio cuenta que Manolo, todavía estaba interesado en saber la verdad sobre su supuesto matrimonio.

El querer escaparse de las garras de Lourdes, para no ofender a su ¡Amigo y a su familia!; había sido precisamente una grande equivocación y un problema para el doctor; pues esto fue la causa de comentarios, el vaivén a cerca de un noviazgo y más tarde matrimonio, que él ni siquiera tenía en mente de realizar, pues todavía: ¡Falta la novia!

Esta vez tenía que encontrar las palabras adecuadas para

defenderse y no molestar a nadie más, así siguió hablando con su amigo y el doctor -dijo a Manolo.

-Si, la verdad es que el matrimonio es algo bien serio y hay que pensarlo mucho, pues estoy considerando y todavía no me he decidido totalmente.

Y cruzando el brazo a forma de amistad, por encima del hombro de Manolo, él también, -continuó hablando y riendo.

-¡No te preocupes Manolo!; Que tú serás el primero en saberlo, para eso son los amigos.

Rieron los dos y se despidieron.

Después que se retiró, don Segismundo se dio cuenta que no es Manolo el interesado en saber.

Que todavía Lourdes, no había desistido en querer atraparlo y que todo el pueblo ya sabía lo que el había dicho en su casa; algo que el doctor no esperaba y este era el motivo por el cual, las jóvenes en la iglesia lo miraban mal, en el baile lo habían rechazado y le hicieron esa desagradable observación; en un momento que para él, tenía que ser el más importante y el más agradable que podía haber vivido en el pueblo y que había deseado con toda su alma ser aceptado, para bailar con Carmencita.

Esta vez se fue a su casa un poco más preocupado, pues él ignoraba, mismo habiéndolo dicho, que Lourdes le iba a causar problemas, con toda la gente de la comarca.

Cómo podía hacer para aclarar este mal entendido, lo que había dicho para salirse de un atasco, ahora está en peligro de empeorar.

Entre tanto habían varias jóvenes que le gustaban al doctor y una en particular, que él le quería hablar,

¡La preciosa Carmencita!

Carmencita: es una joven con diez y nueve años que para la época todavía es menor de edad, pues la mayoría de edad se obtiene a los veinte y un años. Después de saber lo que ya había dicho Lourdes, también ella tiene desconfianza, y aún agradándole el doctor, no se atreve ni siquiera a tener una amistad con él, y sus amigas también están pendientes para que no se le acerque.

Además, Carmencita todavía no estaba decidida a hablar con Segismundo; ahora es más difícil aún, que vaya a creer que él está enamorado de ella.

Así el doctor esta vez, tendrá que decir algo convincente para que lo crean; la situación es un poco delicada, en otra ocasión hubiera hecho el gallito, buscando varias novias al mismo tiempo; pero aquí en este pueblo tiene que andar con cuidado, tendrá que explicar porque razón, dice que ya tiene novia y anda buscando otra.

¿Y como va a decir la verdad? Si el dice la verdad, podría encontrarse en peores circunstancias, que diciendo que se va a casar, pues no era una sola la que lo había intentado, y podría insultar a muchas al mismo tiempo.

CAPITULO 8

EL DOCTOR PIDE CONSEJO AL CURA

*D*espués de tantas complicaciones y al verse acorralado por todas las jóvenes del pueblo, que el doctor creyó amigas de verdad, solo eran amigas de conveniencia, y que lo habían puesto en una situación bien difícil para él.

El doctor se sintió imposibilitado de poder hablar con Carmencita, y estaba anhelando con todas las fuerzas de su alma, de verla y hablarle de nuevo. Aquella preciosa joven, que había visto en el baile, no podía quitársela de su mente; pero había un mal entendido y el doctor tenía que buscar la solución para arreglar el problema, y creyó que lo mejor sería pedir un consejo.

El domingo siguiente fue a misa, y pensó hablar con el señor cura.

Cuando comenzó a decirle que estaba en un verdadero e inexplicable dilema, el cura lo vio tan angustiado, que le pidió que se sentara, el doctor se sentó y todo nervioso frotándose las manos, empezó a explicarle.

-¡Señor cura, me perdona por importunarlo; pero quiero pedirle un consejo!

Titubeando y no sabiendo como explicar una situación que es bien desagradable para él, vaciló un momento, por sentirse un poco acobardado, y después -continuó-

-He mantenido esto en secreto, porque hasta ahora no había sentido la necesidad de pedir ayuda, creí que iba a pasar desapercibido, olvidarse con el tiempo y no ha sucedido así, yo mismo sin querer me he creado una grande complicación; es algo característico de nosotros los hombres.

Cuando el doctor dijo esto, el señor cura se quedó intrigado; pensó que el doctor tenía algo grave que decirle; lo tranquilizó un poco dándole unas palmaditas encima del hombro y diciéndole.

-No se preocupe don Segismundo, que en esta vida todo tiene arreglo.

Luego esperó para saber de que se trataba, mirándolo incesantemente; el cura estaba tan impasible, que se mostraba ansioso y desesperado, por saber lo que el doctor tenía que decir.

El doctor respiró profundo, carraspeó un poco para quitarse la congoja que se le había formado en la garganta, y prosiguió explicando.

-¡No sé, usted se acuerda señor cura!, un domingo que yo salí por la sacristía, es inexplicable; pero no quisiera volver a cometer el mismo error; la verdad es que sin querer me encontré en una situación comprometedora.

-Mire usted, -prosiguió el doctor- el caso es que en meses pasados, fui a la casa de un amigo; como es obvio no quiero decir su nombre; yo había recurrido a ésta persona como amigo, para pedir un consejo y cambiar las ideas, en la conversación hubo un mal entendido y el pensó que yo fui a su casa a pedir permiso para hablar con su hermana; lo cual no era cierto; debido a su insistencia, o a su equivocación, para no ofenderlo y evadirme en ese momento, dije que yo ya tenía novia y que me iba a casar; ¡Y esto no es verdad!

El cura visto la tragedia que se había creado el mismo doctor, por una tontería, exclamó riendo, -Y dijo el cura-

-!Pero eso no es grave doctor!, !Oh!, !Yo estaba pensando que le había sucedido algo malo!; O que usted había echo algo malo, pensé que le había sucedido, !Alguna desgracia!; !Pero eso es algo sin importancia!

Y para confortarlo el cura hizo este comentario.

-Si usted supiera todo lo le pasa a la gente todos los días, ni se lo imagina, eso no es grave.

Don Segismundo, después de agradecer la confianza que el cura le está brindando, continuó explicando un poco más calmo, -y continuó el doctor-

-Usted verá señor cura, tuve que disculparme de esta manera para no humillarlo, a él y a su familia, y de esta forma me he visto obligado de decir una mentira que me ha causado problemas; ahora todo el pueblo cree que yo me voy a casar.

-!Y eso no es lo que me duele!; Ahora si que tengo un problema, !Quise hablarle a otra joven…! ¡Y me rechazó!; eso es lo que más me ha dolido. ¡Estoy desconcertado!; No sé cómo explicarlo.

El señor cura, vio al doctor tan desmoralizado, que trató de hacer todo lo posible para tranquilizarlo.

-Y el cura le dijo calmamente-

-No…, no se preocupe don Segismundo, me había dado un susto; ¡Yo creí que era algo más grave! Usted sabe, eso pasa siempre en casi todos los pueblos pequeños; nos conocemos todos y es normal que las jóvenes hacen sus propios comentarios y conjeturas. Y el cura siguió tratando de convencer al doctor.

-Sobre todo, cuando llega una persona como usted, joven,

elegante, educado con una carrera; pues es normal que todas se interesen por el nuevo galán que acaba de llegar al pueblo.

Don Segismundo todo apesadumbrado -le dijo.

-Muchas gracias señor cura, le estoy verdaderamente agradecido, hoy usted acaba de darme una grande ayuda. -Y el cura continuó tratando de confortar al doctor.

-Doctor... yo creo que usted es una persona afortunada, tenga paciencia y verá que todo se arregla.

Y a medida que el cura hablaba, el doctor movía la cabeza de un lado a otro por el desagrado que estaba pasando; al tener que exponerse a contar estas andanzas, como si fuera un adolescente, comenzando a buscar novia.

Y el cura siguió hablando, pues ya el estaba acostumbrado a dar consejos -y prosiguió.

-Don Segismundo, ¡Cuantos jóvenes desearían ser como usted!; algunas veces pasan cosas que no queremos; pero en ciertas ocasiones, se arreglan solas ¡Cuando menos lo esperamos!; ¡Con la ayuda de Dios!

Y para dar un poco de ánimo a don Segismundo, le -dijo el cura-

-Si usted quiere, yo podría organizar un café el domingo después de la misa, e invitar a las jóvenes para que así puedan hablar, conocerse y usted poder explicar que no tiene novia.

-¡No vuelva a decir algo que no sea verdad don Segismundo!

-No creo que sea necesario; para que no se encuentre de nuevo en otro problema, yo creo que basta que usted se lo diga a alguna de ellas; ¡Ya todas lo van a saber!

-O si quiere esperar un par de semanas, también está

llegando el concurso de música, en el cuál participan la mayoría de los jóvenes parroquianos; vamos a preparar un concierto aquí en la plaza, yo mismo podría presentarle a la señorita que usted me diga.

-¡Ah eso si! -recalcó el cura- que sea algo bien serio, pues yo solamente le presento la joven, para que usted tenga oportunidad de conocerla, ¡Y no me haga quedar mal don Segismundo! acentúo de nuevo el cura.

El doctor se mostraba pesimista, como si no estuviera creyendo lo que el cura le dice, y siempre tratando de convencerlo y de aconsejarlo, -el cura continua.

-Yo, pues le aconsejaría que trate de ser amable, como ya es algo característico en usted y no creo que sea necesario de decir; !La verdad de lo que le pasó!; pero si sería bueno que usted diga que no tiene novia y verá que cuando menos lo espere se arregla todo y con calma encontrará lo que verdaderamente le conviene.

Don Segismundo todo nervioso seguía frotándose las manos y le -dijo al cura-

-Muchas gracias señor cura, hablar con usted ha sido una gran ayuda para mí, por lo menos me ha dado un poco de animo y tranquilidad; ahora me siento más confortado, creo que voy recuperando la calma.

El cura, tratando de tranquilizar a don Segismundo y visto que ya lo estaba logrando -continuó todo entusiasmado-

-Aquí en este pueblo, tenemos muchas bellas jóvenes decentes, y de buenas familias cristianas.

Y para alentarlo insistió el cura.

-Yo creo don Segismundo, que es mejor que usted no haga ningún comentario…-¡Por el momento!

Don Segismundo con el pesar que tenía, suspiraba y con

un semblante de amargura le respondió.

-¡Espero que dios lo oiga señor cura!; porque he estado llegando al fin de mi paciencia, hablar con usted, me ha dado un grande reconforto.

El cura -siguió diciendo.

-¡Y no pierda la ilusión don Segismundo!; que Dios lo ayuda, tenga FED, y usted verá que todo se arregla. Usted va a ver, que al momento que consiga hablar con la persona que le interesa y tenga la oportunidad de explicarse, ella se dará cuenta, que era solo una salida que usted trató, en una situación imprevista.

Suspiró el doctor de nuevo y dijo; ¡Oh no sabe usted señor cura!; el peso que me a quitado de encima, me ha devuelto la serenidad y yo creo que ahora voy a conseguir la quietud que había perdido, he tenido una preocupación enorme; ¡Usted sabe!.. -dijo el doctor.

-Algunas veces es bueno pedir consejo, para despertar un poco la mente, que en ciertas ocasiones mismo que sepamos lo que tenemos que hacer, no vemos claro como generalmente tendría que ser; debido a los problemas que se nos presentan y su ayuda en este momento ha sido, !Preciosa para mí!

-Adiós señor cura, -le dijo el doctor- y muchas gracias por su ayuda.

-Vaya usted con Dios don Segismundo, -le contestó el cura- y cuando usted lo desee venga a hablar conmigo que aquí tiene un amigo; estoy dispuesto para ayudarlo cuando usted lo necesite, adiós.

CAPITULO 9

LA VERBENA

*D*espués de la conversación con el señor cura, ya estaba un poco más calmo y seguro el doctor.

Ahora cuando tenía que salir en el pueblo, para no cruzarse en la calle con alguna de sus admiradoras; lo único que hacía es tomar algunos atajos y veredas y no pasar por donde usualmente ellas lo esperaban, o si se encontraba con alguna, saludaba y en lugar de detenerse a conversar unos minutos; como hacía anteriormente, pasaba de largo y apenas saludaba, como si tuviera prisa o estaba en retardo por alguna razón, se disculpaba y seguía caminando.

Ya las señoritas estaban casi todas informadas que el médico se iba a casar.

A su vez, las que estaban tratando de enamorarlo y que no lo consiguieron, se estaban reuniendo para planear lo que le iban a hacer al doctor.

Ya para ellas no era interesante, pues a todas les había entrado un tremendo disgusto, que no tenían ningún deseo de volver a conversar con él.

Mira que perder una oportunidad tan grande, se dijeron unas a otras; nosotras pensando que era un joven libre, soltero, que se quería casar con alguna joven del pueblo, y nadie se podía haber imaginado, que el doctor ya tenía novia; ¡Y que se iba a casar!

Lourdes, que al igual que Pepita, eran las más acongojadas, le había caído muy mal, lo que el doctor le dijo a su hermano; ella estaba casi segura que don Segismundo tenía un interés especial por ella y había abrigado la esperanza de poder enamorarlo; cuando tuviera la oportunidad de llevarlo a su casa; ahora no podía retener las palabras de desagrado, que le salían solas de la boca, y -Lourdes continuó diciendo-

-Queríamos que se casara con una joven de aquí; ¡De nuestro pueblo!; Y que se quedara aquí para siempre.

-¡Y además!; cuando llegó al pueblo, él mismo había dicho que no estaba comprometido.

Para ellas, esto no era normal, se sintieron traicionadas, ahora el deseo más grande que tenían ¡Era la venganza!

¿Y como se podían vengar?, y hacer sufrir al doctor, para que él pasara lo mismo que les había hecho pasar a ellas.

Comenzaron a planear, cuál era la mejor manera, y Edelmira dijo.

-Oye Pepita, lo mejor que podemos hacer es... Cómo el va todas las tardes a la playa, vamos nosotras también y nos ponemos el más bonito bañador.

-Casimira dijo-

-Yo le voy a decir a los amigos de mi hermano que vengan con nosotras, y cuando el doctor nos vea en bañador y vea que estamos preciosas, de inmediato va a querer bañarse el también; porque estoy segura que mismo que tenga novia; ¡Es un buscador de faldas! si no lo fuera, no se hubiera comportado de la manera que lo hizo.

Cuando Segismundo esté entusiasmado hablando con nosotras, salen todos los demás jóvenes y nos vamos con ellos, el doctor se va a quedar solo y lo vamos a dejar rabiando; se va a dar cuenta que nosotras también tenemos alguien que nos quiere y seguro que se va a poner celoso.

-!Eso va a estar divertido! -contestó Lorita-

-Vaya, esta bien pensado. -dijo Isabel-

-Pero si él tiene novia, también es posible que no le importe para nada, si estamos bonitas o no; porqué si no a hecho nada hasta este momento, no creo que esté interesado en ninguna de nosotras.

-No...-Contestó Pepita- pensando que, ella en bañador no iba a estar muy atrayente.

-¡Pues a mi no me a ver en bañador!

Laurita, toda apesadumbrada y en baja voz les balbuceó.

-Tu verás, que si se va a interesar, el se cree que estamos todas enamoradas de él; ¡Y además es un pretencioso! Y se rieron todas.

-¿Y tú que crees Lourdes? -Preguntó- Severina.

Tú sabes más que nosotras, -y con ironía terminó.

-!Pues ya tienes más experiencia!; ¿Que otra cosa podemos hacer?).

Lourdes no tomó en cuenta las palabras sarcásticas que su amiga acaba de pronunciar; como es orgullosa, todavía no le ha mostrado sus riquezas al doctor, a pesar del desagrado que tiene, sigue pensando que si el no tiene novia todavía hay una esperanza para ella; pero cuando habla no puede evitar el resentimiento y el despecho que tiene, y-dijo-

-Yo por lo menos no voy, tengo unas ganas de decirle unas cuantas palabras, que es mejor que no lo veo; ¡Y no creo que sea buen médico!; pues fui a su consultorio por una tontería y un poco más, me quiere hacer una cirugía; todavía es amigo de mi hermano y no quiero hacer la tonta delante de él.

Bueno de esta manera, ya era como una consolación para ellas, hacer algún tipo de venganza al doctor para castigarlo.

Entre tanto el señor cura estaba organizando una verbena en la plaza, para reunir a todos los jóvenes y que se divirtieran sanamente.

Llegó el fin de semana y fueron llegando la mayoría con sus guitarras e instrumentos, para empezar la fiesta.

También las jóvenes comenzaron a llegar, como era verano estaban todas vestidas con trajes floreados, largas faldas y zapatos altos de tiritas; era la moda y todas la seguían.

La plaza de la Iglesia es bastante grande, y se había llenado completamente.

Las sonrisas estaban a flor labios, toda la juventud del pueblo, tenía deseos de festejar y de divertirse.

La noche calurosa, era propicia para este tipo de festividades, y era maravilloso estar afuera; la luna estaba llena y brillante, casi parecía de día.

Todos comenzaron a tocar guitarras y a cantar tonadillas, algunas de ellas de amor.

Los amigos del doctor insistieron para que él cantara, lo vieron triste todos querían que Segismundo, también se divirtiera.

En principio el doctor no quería cantar, incesantemente miraba a todos sitios; pues el andaba buscando a la joven tan bella, que había visto en el baile, y estaba casi seguro que ella también estaba ahí.

De pronto sintió risas miró hacia atrás, y ahí estaba Carmencita con sus amigas.

El doctor preguntó a su amigo, como se llamaba la joven

y si tenía novio; quería estar bien seguro, pues si llega a estar comprometida hubiera sido mucho más difícil para él; aunque de todas maneras el doctor estaba interesado y decidido a enamorar a Carmencita pase lo que pase.

Antonio dijo que era, Carmencita de la Cierra, que no le conocía ningún novio, pues todavía está muy joven, su padre es muy severo, y tiene que tener cuidado, pues no creo que se lo permitiría, -terminó diciendo.

Don Segismundo suspiró, estaba dispuesto a dar el alma por Carmencita; después que la vio en el baile, no había podido quitarla del pensamiento.

Esta vez haría lo imposible para enamorar a Carmencita, por fin encontró la mujer con la que había soñado, alguien que le hacía perder la cabeza; ya la había visto varias veces acompañando a su madre y ella también le sonreía, esta era la mejor ocasión y no la quería perder.

Había esperado y resistido a todas las tentaciones, artificios y trampas, que le habían tratado de tender las jóvenes del pueblo; ahora sintió una grande ilusión y vio delante de él, la ocasión de decirle a Carmencita, que él; ¡Está totalmente enamorado de ella!

Segismundo, haría cualquier cosa para hablar con Carmencita esta noche, ya no le importó nada más, había encontrado la persona que le hacia perder el sueño, éste es un extraordinario momento, para manifestar sus intenciones, anhelos y deseos, tratar de hacer una amistad con ella, así con una excelente sutileza y sentimiento.

El doctor le quiso cantar esta tonadilla, y en lugar de cantar, fue recitando como una poesía.

Tus mejillas sonrosadas
Y una sonrisa espontánea
Unos ojos que iluminan
Y que alegran toda mi alma
Como quisiera que tú
Me concedieras un sitio
En tu corazón ardiente
Y mantener la esperanza
De una ilusión que guardo
Y todos los días poder verte
Y por tu amor Carmencita
Yo te doy mi vida entera
Que como un rayo de luz
Tú estás llegando a mi vera
Son tus ojos dos luceros
Y tu cuerpo de sirena
Los que me hacen soñar
Que por la vida
Tú serás mi compañera
Tú inspiras en mí el amor
Que ilumina mis senderos
Y con una mirada tuya
Mi alma estaría llena
En esta noche de luna
Yo quiero encontrar tu amor
Tú estas en mi pensamiento
Como un radiante esplendor
Y abro mi corazón
Para decir que te quiero
Y espero por tu amor.

El doctor recitó con tal sentimiento, que emocionó y dejó temblando a Carmencita, todas la miraban con caras de envidia.

Es a la primera joven, que le canta y le declara abiertamente su amor, delante de todas las jóvenes del pueblo.

Después de todo lo que habían dicho las parroquianas; nadie esperaba que el doctor le dedicara esta poesía a Carmencita, ¡Una declaración de amor!; así espontánea y directa, y una muestra clara que el doctor ¡No tiene novia!; que todavía sigue tratando de enamorar a una joven del pueblo.

Carmencita, estaba tan emocionada, que no lo podía ocultar.

¡Don Segismundo!, !El doctor!; la persona más deseada, el joven más admirado y asediado de todo el pueblo, por el cual todas las jóvenes rivalizan y se disputan, le está diciendo a ella claramente, que él está ahí para decirle ¡Que la quiere!; pero de pronto se presentó algo inesperado, que ni el doctor ni Carmencita se imaginaban.

En el momento que el doctor estaba cantado, se fueron aproximando todas las personas que se encontraban en la plaza, y los celos de las otras se interpusieron; ¡Entre los dos enamorados!

Segismundo le quiso hablar a Carmencita, ella también trató de darle las gracias y ser amable con él; !Pero no pudo!, Pepita, que estaba al otro lado de la plaza, cuando oyó la música y al doctor cantando, toda emocionada, desesperadamente había corrido, y como siempre se puso delante de las otras amigas que también fueron a mirar; varias de ellas que sabían cuáles eran los sentimientos de Pepita, la empujaron y la situaron justo en medio de Carmencita y don Segismundo, para darle las gracias al doctor, como si la poesía que le había dedicado a la joven de la cual, él está enamorado, hubiera sido para ella.

Pepita, con lágrimas en los ojos mirando al doctor, temblando y temiendo equivocarse, no le quedó otro remedio y comenzó a hablar; porqué aunque ella también lo deseaba, en este momento sentía vergüenza y se hubiera retenido; pero estaba siendo presionada por las otras y poco a poco como no queriendo, retraída y en baja voz, lentamente abrió la boca -y comenzó a decir-

-¡Segismundo!... acaba de hacer feliz; ¡No solo a mí!; sino también a todas las jóvenes de esta comarca que estamos aquí, oyendo la poesía más maravillosa que hemos podido escuchar, sobre todo saliendo de sus labios.

Quiso continuar; pero la emoción no la dejó hablar y con un nudo en la garganta se fue a refugiar entre los brazos de dos de sus amigas.

Carmencita, viendo a Pepita en esta situación, dio un paso hacia atrás, y sabiendo ciertamente que era; ¡Su serenata!, y ¡Su enamorado!

Dejó a Segismundo esperando; porque de pronto no tuvo el valor y no quiso imponerse delante de Pepita y las demás que estaban mirando, para rivalizar y disputarse; ¡Por un hombre y Una serenata!, que estaba dedicada a ella.

Carmencita sintió, y se dio cuenta, que el doctor está enamorado de ella, que no es necesario pelear, o tratar de discutir, por algo que ya ella sabe que es suyo, ella puede esperar; vio los celos de las otras y se dio cuenta, que siempre hay alguien que quiere interponerse por la fuerza.

Así otra vez el doctor, se encontró con un contratiempo

inesperado, él no sabe si es que Carmencita lo quiere!; ¡Se quedó callado! decepcionado, desorientado y confundido; pero no quiso decir nada que pudiera ofender a Pepita.

Segismundo había esperado tener la oportunidad esta noche de hablar con Carmencita, de pronto se presentó lo imprevisto y a don Segismundo se le oscureció el alma de nuevo; también esta vez perdió la ocasión que se le había presentado delante de él.

Le pareció mal la intromisión de Pepita, se sintió contrariado; pero esta vez no quiso decir nada, sabiendo que Pepita tiene un complejo, que necesita apoyo y consuelo, porque sino se deprime, y ya él la había curado.

No la quiso humillar, diciéndole que ella estaba equivocada, para no causarle un desagrado y no cometer otra vez una imprudencia. Sin darse cuenta que callándose, ¡Con el silencio!; alimentó las ilusiones de una mujer emocionalmente desquilibrada, y que es capaz de desafiar, de luchar, arriesgarse, y afrontar, cualquier tipo de adversidades; hasta subir una montaña si fuera preciso, algo que sería imposible para ella; pero está determinada, para conseguir el amor del doctor, pase lo que pase.

Don Segismundo, no se imaginó lo que se avecina; pero ya se dio cuenta, que en este pueblo es necesario tener paciencia y cautela, para no molestar a nadie, porque se puede encontrar en peores circunstancias.

Cuando llegó la hora de retirarse, la plaza se iba quedando vacía, sobre todo de las mujeres.

Uno de los jóvenes que tocaba la guitarra y que acompañaba al doctor, le sugirió de ir a dar una serenata a la pretendienta que él tiene, se fueron a la casa de esta señorita.

El doctor tocaba la pandereta y Leonardo la guitarra, se pusieron bajo el balcón y comenzaron a tocar.

Leonardo le pidió a Segismundo que cantara algo, a el le gustó la poesía que le había recitado a Carmencita para dedicársela a su novia.

A don Segismundo no le agradó la idea, de cantar a la otra joven pretendienta del amigo, la misma poesía que le cantó a Carmencita; a él le salió del corazón esta poesía y no quería dedicársela a nadie más; pues casualmente las dos se llaman Carmencita.

Don Segismundo le dijo a su amigo.

-¡Es tú novia y eres tú!; el que tiene que cantar y decirle algo que a ti te apasione, dile lo que a ti te salga del alma para que, ¡Ella vea que hay amor!

Leonardo no es tímido, el está acostumbrado a cantar; pero la situación es diferente, una cosa es cantar con los amigos y otra es decirle a su enamorada que la quiere bajo su ventana; pero como había tomado un poco y estaba de fiesta, don Segismundo insistió que cantara y ya era casi de madrugada, el amigo comenzó a gritar diciendo.

Levántate Carmencita
Que vengo hasta tú ventana
Para decir que te quiero
Muy temprano en la mañana.

Y todavía estaba diciendo mañana, cuando llegó un cubo de agua fría encima de los dos trovadores, y una voz que decía.

-Aquí tienen molestadores, y no vuelvan más por aquí; ¿A cuantas Carmencita le cantan ustedes? ¡Que se han creído!

El doctor salió corriendo todo mojado, lo menos que se esperaba el es que le botaran agua fría, su amigo corría detrás de él, le habían mojado hasta la guitarra, esta vez se fueron a su casa con un buen resfriado.

CAPITULO 10

LAS PISCINAS DE BAJAMAR

A la semana siguiente, una de las tardes se fue el doctor a la playa, algunas de las jóvenes que ya se habían puesto de acuerdo para hacerle el engaño y reírse de él, lo vieron pasar en su coche, e inmediatamente se llamaron unas a las otras y se fueron ellas también.

Una tenía un coche pequeño descapotable para dos personas; pero se subieron varias sentadas en la parte de atrás. Las otras amigas se reunieron en un coche sólo con la carrocería, que el padre de una de ellas utilizaba para recoger los sembrados en la costa, con muchas jóvenes del pueblo y todas alegres se fueron cantando esta canción.

Y va a ver este doctor
Lo que le vamos a hacer
Pues nosotras somos muchas
Con todas no va a poder
Lo vamos a castigar
Que por ser tan atrevido
Al querernos engañar
Haciéndonos creer
Que quería novia buscar
Con ninguna se quiere casar
De nosotras se ha reído
Y esto no puede pasar
Nunca se queda en olvido
Y lo tendrá que pagar

De esta manera cantaron y se rieron hasta llegar a las piscinas de bajamar, ya el doctor estaba bañándose y no estaba solo, allí había encontrado otros amigos que conocía de La Laguna, la ciudad universitaria; cuando las jóvenes los vieron se quedaron un poco sobresaltadas, pues les pareció que iban a quedar como unas tontas delante de todos ellos, se pusieron sus bañadores y antes de bañarse se fueron a solear. Cuando el doctor las vio, orgulloso le dijo a sus amigos.

-¡Ah miren estas señoritas son mis amigas! Y los otros contentos -dijeron

-¡Caramba!; Pues sería bueno que nos las presentes.

Así caminaron hasta donde estaban ellas y se presentaron.

La mayoría de los jóvenes que estaban con don Segismundo, comenzaron a hablar separadamente cado uno con una de las jóvenes; después de un largo rato y de una animada conversación, las jóvenes estaban contentas, y ya la mayoría de ellas no querían decir nada, de lo que se habían propuesto hacerle al doctor.

Eran bastantes los jóvenes amigos del doctor, y casi todas las mujeres que estaban allí se quedaron encantadas de la amabilidad de ellos.

Cuando llegó el momento se fueron a bañar todos juntos como para hacer una competición, y pasaron una bonita tarde en las piscinas, hasta que algunos se fueron retirando; pero de todas maneras los que quedaron ahí siguieron hablando alegremente durante un buen tiempo, al momento de irse las jóvenes ya estaban entusiasmadas y decían unas a otras.

-Miren ustedes, hemos venido a vengarnos del doctor, y él se portó tan bien con nosotras e incluso nos presentó a sus amigos.

-Hay pues lo mejor será venir a la playa con más frecuencia, nosotras discutiendo por uno, y acá hay bastantes, no sabíamos que habían tantos jóvenes aquí -Dijo Laura- y nosotras esperando en el pueblo por alguien que pase por allí casualmente.

Todas se rieron alegremente, porque este encuentro había sido inesperado, les resultó agradable y esto era una gracia para reír.

Un poco más tarde mientras ellas se estaban cambiando, el doctor y sus amigos fueron a tomar café; se reunieron en la terraza del cafetín con otras jóvenes que ellos conocían; allí había varias mujeres y comenzaron a charlar y a reír con ellas, nuestras jóvenes los vieron se fueron todas disgustadas, pensaron que las habían ignorado.

Ahora sí, varias de ellas se disgustaron porque pensaban

que los jóvenes estaban esperándolas y al verlos entretenidos con las otras, tenían ganas de decirle al doctor cuatro palabras, creyendo que él, es el responsable por no haberlas invitado a ellas también.

Por lo visto el doctor paga por todas las consecuencias y los desagrados que van encontrando sus enamoradas, pues sin pensar, a ellas les pasó lo que le querían hacer a don Segismundo; estaban tan disgustadas que al llegar al pueblo,

-Rosita dijo-.

-¿Tú sabes que vamos a hacer? Mejor es decirle a Carmencita lo que pasó, así el doctor no volverá con sus mentiras, haciéndose pasar por bueno cantándole serenatas.

Pues también estas jóvenes estaban celosas de Carmencita, en el pueblo se había presentado otra concurrente, que las enamoradas del doctor no esperaban.

Así se fueron a casa de Carmencita y le dijeron que el doctor y sus amigos, se estaban divirtiendo con un montón de mujeres en las piscinas de bajamar; al oír esto Carmencita sorprendida replicó.

-¿Y eso que tiene que ver conmigo? Yo creo que el doctor, o no importa quién, tiene derecho a divertirse cuando quiera, no seré yo la que le va a decir con quién sale; pues Segismundo no es nada mío y no me tiene que pedir permiso, ¿Como se les ocurrió a ustedes de venir aquí con esta historia?).

Lourdes, que de último había decidido de acompañar a sus amigas y estaba en el grupo, tenía unos celos de Carmencita tan grandes, o aún mayores, como cuando le dijeron que el doctor tiene una novia en otro sitio.

Ahora, al ver el interés de don Segismundo por Carmencita, se dieron cuenta todas las parroquianas, que el doctor todavía está tratando de enamorar a otra, y al no mostrar ningún interés por ninguna de ellas, la ira y la exasperación las estaba remordiendo, así Lourdes le respondió.

-Ah pues como hemos visto que se la pasa diciéndote poesías; es solamente para darte un consejo, que estés avisada y no le vayas a creer lo que dice.

-¡Bueno! -les dijo Carmencita- Gracias por el consejo Lourdes; pero no se preocupen que yo se lo que tengo que hacer.

Estas pobres jóvenes del pueblo ya tenían todos los recursos agotados, no podían decirle a don Segismundo que estaban enfermas; pues ya él se había dado cuenta que estaban bien de salud y no podían continuar con el juego de visitarlo con enfermedades imaginarias tratando de engañarlo. También consideraron que el doctor no estaba interesado en ninguna de ellas. En lo que se relaciona a los amigos del doctor, las parroquianas pudieron haber ido también a sentarse a charlar con ellos y no fueron, había varios de sus propias edades y ellos estarían encantados, ya habían hecho amistad y también perdieron esta oportunidad.

CAPITULO 11

DÍA DE LA MÚSICA

*H*abía pasado el verano y todas las fiestas con el.

Al llegar el otoño se celebra la fiesta de Santa Cecilia, patrona de la música.

Aclarando el día salen los componentes de la banda del pueblo y después de hacer un pequeño concierto en la plaza de la iglesia, van por las casas parándose en cada puerta, sobre todo en la carretera principal que es la única avenida que hay en el pueblo y al cual le toca este privilegio; aquí viven los mejor estantes o medios ricos del pueblo, los habitantes abren puertas y ventanas, sacan garrafas de vino y copas, para brindarles a los músicos. En la banda hay un músico llamado Sixto, que está enamorado de Matilde, una joven del lugar y ya en varias ocasiones habían bailado juntos. Matilde una preciosa mujer guanche, blanca como la nieve, alta pelo negro ondulado y ojos azules. Matilde vive en la vuelta que hay por debajo de la iglesia, al lado la entrada de un camino para bajar al barrio de milán. Matilde es la admiración de Sixto, este joven que estaba loco por Matilde, aprovechó la oportunidad de decirle el amor que siente por ella.

El músico quiso darle una sorpresa, cuando le tocó en su casa el padre abrió la puerta y allí también estaba Matilde;

medio escondida detrás de la puerta sonrojada por la timidez de su juventud se quedó toda nerviosa, pues ella también estaba enamorada de Sixto, pero no quería hacerle ver a su padre sus intenciones.

Después de tocar un poco de música frente a su casa como se acostumbra, Sixto se separó del grupo, llegó cerca de la puerta, y le dedicó esta poesía.

Brillan tus ojos Matilde
Iluminan mis pensares
Hoy es un día especial
Yo te traigo mis cantares
Que son poemas del alma
Los llevo en mi corazón
Tú eres jardín del amor
Y floreces mi ilusión
Tú me llenas de alegría
Y eres mi inspiración
En la música y la vida
Eres la luz de mis ojos
Matilde mírame hoy
Con esos ojos azules
Me parase ver el cielo
Yo te quiero con pasión
Y solo tu amor espero.

Matilde se quedó un poco ruborizada, le hubiera gustado recibir esta poesía para ella sola, al oído, sin que nadie interviniera o descubriera sus pensamientos, porque había muchas personas mirando; pero a su vez quedó emocionada, para Matilde fue un mágico misterio que se apoderó de ella y que en este momento es incapaz de realizar lo que está sucediendo.

No esperaba que este joven músico le dedicara esta poesía tan bella, con su nombre y solo para ella.

Y se sintió alagada pues todos los músicos y las personas que acompañaban la banda pudieron ver como Sixto; ¡Le declaró su amor!; Ya más tarde trataría de decirle a Sixto, cuales son sus sentimientos.

CAPITULO 12

FIESTA DE LA VENDIMIA

*P*asando los días y antes de llegar la navidad, el doctor pasó por la parada del autobús, allí estaba la señorita Isabel; el doctor al verla sentada esperando, por educación se paró para darle un pasaje; e Isabel, considerando que Segismundo paró su coche para que ella subiera, en un primer momento le pareció que no estaba bien, pues ya ella lo había visto la noche que dedicó la poesía a Carmencita; pero creyó que todavía alguna de ellas podía tener la ocasión de enamorar al doctor, pues Isabel también se apercibió que Segismundo todavía está tratando de enamorar a una joven parroquiana, pensándolo un poco se decidió y subió en el coche.

Isabel, como todas las otras le hablaba en la plaza en grupo cuando salían de la Iglesia; aunque ya las jóvenes habían dejado de hablarle después de los comentarios de Lourdes, mismo que parecía que también estaba enamorada de don Segismundo; Pero esta joven no había intentado ir al consultorio del doctor. Isabel les había dicho a las otras amigas que pensaba que el doctor era el más bonito e interesante de todos los jóvenes que había en el pueblo.

Toda emocionada Isabel -comenzó a decirle a don Segismundo-

-¡Oh doctor!; que amable que es usted, en principio me pareció mal subir en su coche, porque como usted sabe aquí no acostumbramos eso; pero pensé aprovechar la oportunidad para invitarlo a mi casa, me gustaría tanto tenerlo con nosotras para la fiesta de la vendimia.

Un poco tímida, pero dispuesta a lograr su propósito e invitar al doctor -continuó Isabel.

-Bueno en estos días recogemos las uvas y también estamos estrenando el vino nuevo, todos los años hacemos una fiesta en esta época, mis padres van a tener una ternera y allí van a estar casi todas las personas más importantes del pueblo, yo estaría bien alagada que usted fuera de los nuestros; va ha haber música y tenemos muchas jóvenes invitadas, vamos a divertirnos a lo grande, usted no sabe la alegría que me puede dar si asiste a nuestra fiesta.

Isabel, dijo todo lo que pudo para convencerlo, porque ya Lourdes les había dicho a las amigas que lo invitó y el doctor rehusó la invitación, ella no quería dejar escapar esta oportunidad que se le presentó sin ella esperarlo; aunque no hacía falta tratar de convencerlo mucho, porque el doctor también estaba deseando ir a divertirse, ya tenía tiempo que muy pocas jóvenes le querían hablar y también para él, era una oportunidad poder salir a bailar.

Al decir Isabel que había bastantes jóvenes invitadas, Segismundo aceptó encantado; con la intención que Carmencita también podría estar en la velada y por eso el médico rápido contestó.

-Ah pues muchas gracias señorita Isabel, usted también

es bien amable, la verdad es que no esperaba tan agradable invitación.

-Y continúo el doctor.

-Haré todo lo posible para estar ahí, pues a mí también me gusta divertirme y ya hace tiempo que no vamos a bailar a ningún sitio, estaré encantado de asistir a su fiesta.

Entre tanto llegaron a la ciudad de La Laguna y se despidieron

Isabel se quedó toda emocionada por haber tenido la oportunidad de hablar con el doctor, ofrecerle ir a su casa y lo más importante, es que don Segismundo haya aceptado la invitación.

La mayoría de los parroquianos están recogiendo las uvas y estrenan sus vinos del año anterior, seguro que van a desear tener al doctor como invitado.

¡Sobre todo Lourdes!; Que no sabía que hacer para atraer la atención de don Segismundo.

Pero ya Isabel fue la primera y eso es algo bien agradable para ella, porqué si las demás hacen la fiesta la misma semana, el doctor solo va a ir a la suya.

Llegó el día de la fiesta y ya tenían todo preparado, al momento que ya estaban todos los invitados en el patio salió Isabel; con un precioso traje color salmón y en contraste con su pelo negro resplandecía su belleza.

El doctor fue acompañado por un amigo que también estaba invitado, al ver a Isabel se quedó impresionado; pues no esperaba que estuviera tan bonita, comenzó la música y el doctor invitó a Isabel a bailar, bailó con ella varias veces y después con otras jóvenes, todos bailaron y se divirtieron hasta el amanecer; había vino a voluntad, la noche fue esplendida y según dijo Isabel después a sus amigas, ésta ha sido la noche más bonita y agradable que ha tenido en toda su vida.

El doctor también dijo a sus amigos que le había gustado mucho la fiesta y bailar con Isabel; pero Carmencita no asistió y el doctor esperaba que estuviera allí para bailar con ella, pues Segismundo siempre estaba pendiente y deseando de poder encontrarse otra vez, con la bella Carmencita.

CAPITULO 13

LA CACERÍA

En esta época del año a la gente del pueblo le gusta ir a cazar, es una tradición de que se abra la veda a la prohibición que se mantiene durante nueve meses para proteger la fauna.

En todas las Islas y la mayoría de los pueblos se reúnen grupos de hombres que les gusta ir a cazar perdices y conejos salvajes, en esta ocasión fueron de cacería un grupo más o menos de doce a quince parroquianos, y unos cuantos de ellos invitaron al doctor para que los acompañara.

-La verdad, -dijo el doctor- yo no he ido nunca de cacería, pues no me gustaría tener que matar algún animal.

-¡Oh, no,! no te preocupes Segismundo, nosotros nos encargamos de eso, tú verás como te va a gustar el paseo; sus amigos insistieron y el doctor aceptó.

Llegó el sábado en la mañana y se reunieron todos en la plaza de la iglesia, ya tenían preparado todo el equipo, varios coches con destino a la montaña, un equipaje con tiendas de campaña, ropas y mantas para pasar la noche, pues en la altura hace frío.

Llevaron guitarras para pasarlo bien y muchos de ellos iban cargados, con buen vino nuevo, papas bonitas para guisar y como es tradición; Un zurrón con gofio.

Al llegar al monte prepararon las tiendas, de seguida Antonio con unos cuantos de ellos decidieron ir a cazar alguna perdiz, para asar en las brasas y comenzar la fiesta.

El doctor estaba contento, pues mismo que no le gustaba cazar, si estaba emocionado, porque esto era algo nuevo para él, se había pasado su vida estudiando y no había tenido muchas oportunidades de disfrutar la naturaleza al aire libre.

Después de encender el fuego para asar la carne y calentarse un poco, pues ya estaba cayendo la noche y refrescando en la montaña, pasó un largo lapso de tiempo y llegaron los compañeros con varias perdices.

Bien contentos las limpiaron y comenzaron a preparar para comer, todos desearon unas buenas vacaciones y brindaron con buen vino.

Leonardo comenzó a tocar la guitarra y a cantar, ahí comenzó la fiesta y todos pidieron al doctor que cantara.

Don Segismundo cantó esta canción
Es noche de luna llena
El cielo brilla de estrellas
Hay olor de moras frescas
Brezos romeros y hierbas
Hay brisa suave en la cumbre
Aullidos de lobos fieros
En medio quietud y silencio
Yo mi guitarra sueno

Así estuvieron tres días de fiesta, lo pasaron bien y la cacería fue excelente, cazaron sólo lo que se iban a consumir para proteger los animales; tuvieron unas agradables vacaciones y todos se divirtieron, había sido fantástico, eso era algo que el doctor no se esperaba.

En el ultimo día después de la comida y antes de regresar, el doctor invitó a los otros compañeros a dar un paseo, por los senderos que conducían así a un claro; bajaron un buen largo camino y cuando llegaron a la orilla de un acantilado había una vista fantástica, hacia el oeste terminando el bosque justo en frente está la isla de la Palma, el panorama es grandioso, extraordinario, se sentaron a contemplar el paisaje.

Al horizonte entre el cielo y el mar la vista que va lejos sin limite es magnifica e impresionante.

Habían encontrado un monte con unos árboles ancianos, tan grandes que se requieren cientos de años para crecer ejemplares de esta magnitud.

Después de conversar un largo rato acerca de lo espectacular que es la naturaleza, llegaron a un acuerdo todas las personas que allí estaban, para proteger y preservar estos árboles que son algo único y necesario para la vida de la fauna que allí habita, y para nosotros los humanos.

CAPITULO 14

LLEGÓ LA NAVIDAD

*D*on Segismundo se siente más seguro, parece que después de las complicaciones que ha tenido con las parroquianas, poco a poco va consiguiendo la calma y ahora solo le falta conseguir el amor de Carmencita, pues vive con su mirada, ¡Clavada en el corazón!

Antes de llegar la navidad, la mayoría de los jóvenes forman agrupaciones de canto y poesía para celebrar la Natividad del niño Dios, entre ellas está Carmencita con las amigas y las jóvenes de su grupo.

Casi todas las tardes van a la iglesia a ensayar y aprender el canto de villancicos, dedicados al niño Jesús y a su madre la virgen María.

Asimismo los jóvenes forman grupos, pues ellos también tocan guitarras y cantan, todas las mujeres y de igual forma los hombres, tienen una actividad y ninguno quiere perderse la oportunidad de estar en una agrupación; Héctor invitó al doctor para que participara en la composición de una poesía, pues es su grupo con la parranda que va a cantar el villancico; !Lo divino!

De esta manera el doctor tenía que preparar una poesía para recitar en la noche de navidad, al igual que los otros compañeros.

No solamente podía participar, el cuál es un grande honor, también estar cerca de Carmencita y poder hablar con ella; para don Segismundo esto era precisamente lo que esperaba, y él estaba buscando.

Así compuso dos para ver cual era la mejor, y decidió que esta era la más bonita y la más propia, pues Jesús, es también hijo de esta tierra.

En esta noche de paz
Y en la cueva Belén
Estamos todos reunidos
Para ver a Dios nacer
Junto con san José
Los Ángeles los pastores
Y María que es su madre
Nació un niño sonriente
Y que quería comer
Allí estaban las ovejas
Con su leche alimentar
A este niño tan divino
Y no lo dejaron llorar
Lo abrigaron con pajitas
Y el manto de su madre
Para que no le de frío
En esta noche implacable
Pero el estaba sonriente
En los brazos de su madre
Como un niño de esta tierra
Recibiendo el calorcito
La ternura y el amor de su padre.

Así al llegar la noche del veinte y cuatro todos van a cantar y a recitar poesías, no solo los niños recitan versos y poemas al niño Dios.

También los grandes vestidos con el traje tradicional; es una alegría y un honor poder estar en la Iglesia colaborando en la ceremonia de aniversario del nacimiento de Jesús.

Entre tanto las jóvenes también dedicaron sus poesías a Jesús y María, y Carmencita dijo así.

Eres tan bello mi niño
Y rosadito en la cara
Que al acabar de nacer
Y ver tu grande hermosura
Hasta los reyes vinieron
A traerte incienso y mirra
Y a tus pies se postrara
Eres el hijo de Dios
Y el hijo de María
Como un niño de esta tierra
Todo lleno de alegría
Los Ángeles te adoraron
Pastores con sus rebaños
Leche caliente le dieron
Para verlo sonriendo
Al niño dios que nació
En una humilde cabaña
Aquí estamos todas juntas
Cantando con ilusión
A Jesús el redentor
Es el hijo de María
Y en medio de unas pajitas
Aparece un resplandor.

Toda la noche tocaron los tambores, flautas, panderetas y guitarras, todo el pueblo pudo disfrutar de una ceremonia única y admirable.

La música y las poesías estuvieron a la altura de la ocasión, y así pasó una fantástica noche de Navidad, llena de música y alegría; al día siguiente continuó la fiesta, en las calles salen las parrandas a dedicar canciones a las jóvenes, todos se divierten y visitan a sus familias y amigos, en cada hogar no solo le brindan tanto dulces y truchas que se preparan para la celebración de las fiestas; también el buen vino, cosechado en la comarca y que es uno de los mejores, hay música navideña en la torre de la iglesia, suenan las campanas anunciando el nacimiento de Jesús, y desborda la alegría en todo el pueblo.

CAPITULO 15

GABRIEL SE INTERPONE

Semanas después de haber pasado la navidad, la señorita Isabel, una de las jóvenes amiga de don Segismundo, se aproximó en la plaza para saludarlo, charlar con él, e invitarlo a salir.

-Hola doctor, ¿Cómo está? Le -dijo- Isabel, hoy es un día precioso, está tan bonito como para ir a bailar.

Pues ya ella había bailado con el doctor en su casa en la fiesta de la vendimia, y estaba segura que al doctor le gusta bailar.

-¡Oh si! -Contestó el doctor- aquí está siempre precioso, yo estoy encantado de la maravilla de este pueblo, también mi madre y mis hermanas están muy contentas, pues les gusta mucho estar aquí, sobre todo la temperatura le ha hecho muy bien a mi madre.

-Ah sí, -respondió Isabel- Pues me alegro bastante que se encuentren bien aquí con nosotros y también quería decirle... o bueno... invitarlo... pues usted sabe, en el Valle, el próximo pueblo, hay una fiesta y podemos reunirnos todas las amigas y amigos para ir a bailar, es una fiesta bien alegre y en la plaza ponen una orquesta para que baile todo el pueblo libremente, la mayoría de nosotras estamos acostumbradas a ir todos los años.

-¡Ah... si! -contestó el doctor- Pues también a mí me gustaría ir a bailar.

Y aprovechando la ocasión, inmediatamente el doctor vio la oportunidad de poder bailar con Carmencita; al momento que Isabel dijo que todas las jóvenes van a estar en la fiesta, no titubeó ni un segundo, -y el mismo le propuso a Isabel-

-Si usted quiere Isabel, yo también podría ocuparme de avisar a mis amigos, usted avisa a las jóvenes; ¡No deje a ninguna!, y así vamos un buen grupo para poder divertirse mejor.

El doctor no quiso decirle que avisara Carmencita también, para no molestar a Isabel; pero esas fueron sus intenciones.

-A pues está bien, voy a reunir lo más que sea posible,

-dijo Isabel-.

Segismundo todo emocionado, casi aconsejando a Isabel,

-volvió a decir.

-Yo voy a llamar a todos mis amigos y nos reunimos aquí en la plaza a las cinco, hasta después, -saludó el doctor.

Isabel salió tan contenta, que comenzó a llamar a todas las jóvenes que ella conocía y también les dijo que avisaran a otras si es que era posible; pues ella lo que quería es que fuera un grupo bastante grande para llevar al doctor, sus amigos y que hubieran suficientes jóvenes para divertirse todos juntos.

A las cinco de la tarde comenzaron a reunirse en la plaza del ramal, justo en frente del cine, varios grupos de jóvenes para ir de fiesta.

Fueron a un pueblo cercano y allí en una grande plaza llena de árboles, pusieron unos andamios para que la orquesta quedara en alto; había gente de varias comarcas colindantes y de todo el valle, que en medio de los sembrados viven la mayoría de la gente del pueblo; alrededor de la plaza en la parte de afuera pusieron quioscos que vendían cerveza y otros carnes y tapas. Unos cantaban y otros reían, unos tomaban y otros comían; y todos contentos danzaban y se divertían.

Lo primero que hicieron nuestros amigos, fue sentarse a comer y a beber, cuando ya estaban bien alegres se pusieron a bailar.

El doctor invitó a bailar a la señorita Isabel, pues había sido ella que organizó toda la reunión y que lo había invitado a él.

Después de bailar varias veces con Isabel, don Segismundo vio a Carmencita, que también estaba en el grupo.

Después de ver a Carmencita el doctor ya no tuvo más tranquilidad, no dejaba de mirarla, estaba pendiente de ella y esperaba poder invitarla a bailar en cualquier instante que se le presentara.

Al ver a Carmencita trató de hablarle; pero Isabel se lo llevó por otro lado, a don Segismundo le parecía mal dejar a Isabel sin disculparse, quiso llevarla a la mesa donde estaban los otros; pero ella se sujetó de la mano de él y no lo quería soltar.

Al terminar la música y después del descanso, Isabel se fue a hablar con sus amigas; pues en la mesa donde estaba sentada, habían varios jóvenes que tomaron vino demasiado y alguno de ellos comenzó a ponerse molestoso; uno de ellos se vomitó y dejó todo dando mal olor a borrachera; las chicas se escaparon y se fueron a sentar en otro sitio sin darse cuenta que en el mismo momento que Isabel dejó al doctor, ya él estaba tratando de acercarse a Carmencita.

Don Segismundo, viendo que Isabel se alejó, aprovechó el momento; fue directo a Carmencita que permanecía sentada en otra de las mesas, y la invitó a bailar.

Carmencita aceptó encantada, pues ya el doctor le había dedicado algunas poesías y sabía que él estaba interesado en ella; pareció que también Carmencita, hubiera estado esperando -aunque no se lo haya dicho-, para que el doctor la invitara a bailar.

Al momento de estar bailando Segismundo y Carmencita, se acercó Isabel, que también bailaba con otro amigo y con un semblante de desagrado comenzó a molestar, tratando de entretener y hablar con Segismundo.

Carmencita, al ver que Isabel estaba interviniendo entre ella y el doctor, se fue poniendo nerviosa hasta el momento que ya no pudo más; se puso delante de Isabel y -Carmencita le dijo-

-¿Bueno Isabel, qué es lo que tú quieres? ¿Es que tú no estás bailando con tú amigo? ¿Porqué estás buscando a Segismundo, si el está bailando conmigo? Qué pasa, te parece poco, ¿Cuántos necesitas para bailar? Estaba tan enojada que dijo algo más de lo que debía decir.

Isabel respondió.

-Pues no te creas tan importante, porque Segismundo es amigo mío también, fui yo quien lo invitó y solo estoy tratando de hablar con él.

Carmencita, también quería tener la oportunidad de hablar ella sola con el doctor; después de todas estas insinuaciones y poesías que le dedica, Carmencita lo que quiere es que él le diga a ella personalmente, lo que quería decirle, ya en otras ocasiones lo había intentado;

pero siempre otra se ponía delante para interrumpir en el momento preciso.

Ahora Carmencita desea saber; ?Qué es lo que quiere¿ Esta intromisión de Isabel la estaba desconcertando, aunque no quisiera tenía que discutir para quitarse este inconveniente delante.

A Carmencita, le parecía desagradable tener que discutir con otra en presencia del doctor, como si ella quisiera apropiarse de él por la fuerza; es la segunda vez que Segismundo trata de hablarle a ella sola y siempre hay otra que interfiere.

Isabel no quería dejar al doctor, ella creyó que don Segismundo había ido a la fiesta por ella, y visto que no se quitaba delante de los dos, Carmencita le gritó bien enojada.

-Mira, Isabel, Segismundo me invitó a bailar a mí y ahora es mío, es mejor que te busques otro.

Y eso porque no le quiso decir mucho, y siempre con la sonrisa en la boca, para no dar a entender al doctor que ella está interesada en él; pero sentía una rabia que si hubiera estado sola, Isabel, hubiera tenido que correr.

El amigo que estaba bailando con Isabel, se fue disgustando, al ver la contienda se enojó con Isabel y le -dijo-

-Yo lo siento Isabel, pero si tú lo que quieres es bailar con otro, porqué me llamaste a mi, vete a discutir con Carmencita, que a mí no me gustan las discusiones.

Se dio cuenta que Isabel lo estaba utilizando para acercarse al doctor, y el esperando delante, las dos se estaban disputando por don Segismundo; Isabel se quedó sola y se puso más enojada aún, al sentirse despreciada por los dos jóvenes al mismo tiempo. -Comenzó a decirle al doctor-

-Ya me habían dicho que usted está tratando a todas nosotras como a unas tontas, si no quería bailar comigo debió habérmelo dicho.

Con la rabia que tenía miró a Carmencita y con despecho -le dijo-

-No te levantes tanto Carmencita, que a ti te va a hacer igual.

El doctor al verse delante de este inconveniente, mirando a las dos no sabía que hacer, en este momento Segismundo se sintió comprometido, sintió lástima de Isabel; pero a él no le importaba sino Carmencita y si no hubiera sido que también Isabel es del mismo pueblo, no le da ninguna importancia al conflicto; pero se vio obligado de disculparse, pues no quería desagradar a ninguna de las dos, menos a Carmencita, y en un tono conciliador, el doctor -le dijo a Isabel.

-Espera un momento Isabel, no te enfades, no quisiera que te vayas amargada, perdona pero no quiero que te contraríes conmigo, ahora yo estoy bailando con Carmencita y de igual forma las dos son mis amigas; ¡Yo lo siento Isabel!, Y si no te importa más tarde bailo contigo, pues de todas maneras es una satisfacción para mí, tu eres una agradable amiga, -y sonriendo le dijo-

-Con dos no se puede bailar al mismo tiempo.

El doctor se vio obligado para cortar la querella, pues tenía que decidir, para no seguir con la discusión y bailando al mismo tiempo; mismo que no le gustó despreciar a ninguna de ellas, no le quedó otro remedio que tratar de disculparse con Isabel, porque lo que él quería, es continuar bailando con Carmencita.

Así, a la señorita Isabel se le había amargado la fiesta, para ella era un desagrado dejar al doctor bailando con

Carmencita y dijo toda despechada y en voz alta, por no poder soportar verse suplantada y quedar sola sin tener con quien bailar.

-Bueno muchas gracias Segismundo, yo tengo con quien bailar, sólo quería decir a Carmencita ¡Que no sea tan pretenciosa! dio una vuelta y se fue toda disgustada.

Isabel estaba tan enojada y celosa que no sabía lo que decía, pues había sido ella la que preparó toda la reunión y ahora es Carmencita que le quitó la pareja, y que está disfrutando de la compañía del doctor.

Isabel creyó, que si Don Segismundo había aceptado ir a la fiesta y que se había mostrado tan entusiasmado, era porque quería bailar con ella, e Isabel creía que el doctor tenía un interés particular, pues el se mostró en todo momento amable y gentil con Isabel; lo menos que se imaginó es que había otra concurrente, que para el doctor es más importante que ninguna de las que estaban en la competición.

Isabel cuando vio al doctor bailando con Carmencita, no pudo evitar provocar una escena desagradable para su amigo, que también lo puso en una situación comprometedora; seguro en otras circunstancias no hubiera tenido valor de hacer este desagrado delante de todos los amigos y amigas del pueblo.

Después de bailar un buen lapso de tiempo, se fueron los músicos a descansar, en el entretiempo se sentaron todos juntos a hablar y reír; el doctor se sentó al lado de Carmencita, esta vez no quiso separarse de ella, Isabel al otro lado de la mesa estaba callada, tan disgustada que ya no tenía ningún entusiasmo ni siquiera de hablar.

Las otras compañeras se dieron cuenta del disgusto que

Isabel tenía, y la invitaron a salir a dar un paseo.

Mas tarde ya en el otro lado de la plaza, una de sus amigas, para calmarla, -dijo a Isabel.

-Mira Isabel no te disgustes, pues el doctor se ve que le gusta bailar con todas, -y riendo dijo- por lo visto ya no es tan tímido como al principio, ahora parece que se despertó demasiado y el puede decidir con quien quiere bailar al igual que tú, si a ti no te gustaría, está segura que no bailarías con él; porqué también hay otros jóvenes que quieren bailar contigo, a ti no te gustan y no bailas con ellos.

-De todas maneras hemos venido aquí a una fiesta, lo mejor es divertirse.-Y riendo para dar un poco de animo a Isabel y disipar la decepción por la que está pasando, y que la abruma su amiga -le dijo-

-Si el escoge a otras a mi ya no me interesa, yo por ejemplo quiero uno para mi solita.

La otra amiga también le -dijo-

-¡Claro para que quieres uno que tienes que compartir!,

Tú no vez que hay tantas aspirantes en la plaza, y todas se rieron.

Y así de esta manera se le pasó un poco el disgusto a Isabel, aunque no del todo; pero no le quedó otro remedio que reír ella también.

En el grupo que quedó hablando con Carmencita y el doctor, había un joven que hacia bastante tiempo estaba enamorado de Carmencita, y no había logrado que ella lo aceptara; en muchas ocasiones la invitó a bailar o acompañarla para ir al cine y ella siempre se había rehusado, no había logrado ni siquiera bailar con ella una sola vez; ahora aprovechó la ocasión cuando la vio sentada hablando con todas las jóvenes, trató de hablarle y ser amable con ella, como estaban sentados al comenzar la música la invitó a bailar.

En primer momento Carmencita, como siempre le dijo que ella no estaba interesada en él, esta vez era un poco más complicado; pero Gabriel insistió y Carmencita creyó que no era bueno bailar con él, además estaba acompañada por el doctor y después de la rivalidad y la discusión que había tenido con Isabel, le pareció que no estaba bien que ella dejara al doctor para ir a bailar con otro.

Gabriel continuó a decirle casi lamentándose.

-¡Que pasa tienes miedo bailar conmigo!; somos del mismo pueblo, tu me conoces hace tiempo, te invito a bailar, ¡Aunque sea una vez!

Don Segismundo estaba entusiasmado hablándole continuamente, y no le quitaba los ojos de encima, cuando vio que Gabriel invitó a Carmencita, Segismundo -le contestó-

-La señorita no va a bailar contigo.

Gabriel se quedó mirando al doctor y bien enojado casi con un gesto de pelea -le respondió.

-Yo invité a bailar a la señorita Carmencita, me parece que tiene que ser ella quién me debe contestar.

Carmencita sorprendida de la respuesta que el doctor dio a Gabriel en su nombre, y también asustada porque Gabriel no contestó de muy buena manera; de pronto pensó unos instantes y visto que Gabriel continuaba a suplicar, se dio cuenta que Gabriel estaba dispuesto a bailar con ella esa noche, es mejor no provocar una situación en la cual vaya a salir alguien perjudicado; porque ya vio que también al doctor le cayó mal que Gabriel la invitara a bailar.

Después de meditar un poco Carmencita pensó, que sería

bueno hacerle ver a Segismundo, que ella es la que decide si quiere o no, bailar con Gabriel.

Pues Carmencita con el doctor no tiene ningún compromiso y menos le gustó que el, decida por ella, aprovechó esta ocasión y fue a bailar con Gabriel, el doctor en principio quiso sujetarla, diciéndole a Gabriel.

-Carmencita está conmigo, tu no tienes porque invitarla a bailar; pero no logró hacer cambiar de opinión, ni a Gabriel, ni a Carmencita, ya ella había decidido bailar con Gabriel y bien decidida interrumpió las palabras del doctor y le dijo.

-No Segismundo, yo voy a bailar con Gabriel, y después si tú quieres bailo contigo.

Don Segismundo se sintió incapaz de impedir a Carmencita que baile con Gabriel, enojado al verse suplantado; pero no quería contrariarla o demostrarle que el la quiere manipular por la fuerza, para don Segismundo, lo más importante es que era la primera vez que tenía la oportunidad de hacer amistad, conversar, ¡Y bailar con Carmencita!

El doctor sabe que tiene que conquistar a Carmencita, y que no va a ser tan fácil, que Carmencita tiene otros jóvenes que la pretenden y que ella lo sabe.

Carmencita y Gabriel fueron caminando uno detrás del otro hasta el medio de la plaza, y mientras ellos caminaban, don Segismundo se quedó mirando con una rabia que lo quemaba por dentro; se sintió suplantado, de pronto perdió la calma, más bien estaba encolerizado, se dio cuenta que delante de su propia cara, Gabriel le quitó a Carmencita; precisamente en el momento que él, está tratando de enamorarla se presenta otro con tanto descaro y se la lleva para bailar con ella; justo ahora que acaba de tener la primera oportunidad de hablar con la joven que ha esperado con paciencia durante un largo tiempo hasta que llegó el momento; justo ahora que ya él creyó que ella está contenta de estar a su lado, y justo en el momento que se estaba sintiendo seguro de si mismo; se presenta otro a estorbar e interponerse en medio de los dos a destruir lo que Segismundo cree un acercamiento y un hecho seguro.

Se puso tan celoso, se levantó de la silla y fue directo donde estaban comenzando a bailar, Carmencita y Gabriel, y el doctor gritando -le dijo a Gabriel-

-Mira la señorita Carmencita está acompañada por mí, y va a bailar conmigo.

Segismundo tomó a Carmencita por la mano, y quiso forzarla para llevársela a bailar con él; pero Gabriel vio que el doctor se quería llevar a Carmencita por la fuerza, la sujetó por la otra mano y también -dijo gritando-.

-A mí nadie me quita la joven que está bailando conmigo, ¡Sea quien sea!

A los gritos de Gabriel el doctor contestó.

-Pues la señorita va bailar conmigo; ¡Entrometido!, qué te da derecho a ti de venir a molestar a una joven que yo estoy acompañando.

Al decir el doctor que Carmencita iba a bailar con él, creyó que ella iba a decidirse y dejar a Gabriel, pues también Carmencita había demostrado un grande interés en conversar y en bailar con don Segismundo, es por eso que él no pensó, que ella lo dejara escarnecido de una mala manera y sin un motivo evidente; pero Carmencita ya le había dicho que ella quería bailar con Gabriel, en principio decidió dar este paso justo para evitar esta desagradable contienda.

Carmencita miró a los dos, y casi no sabía que hacer; pues ya se dio cuenta que se había metido en una grande complicación, que ahí podían complicarse las cosas; pero no sabiendo en este momento como poder solucionarlas, se quedó temblando, pues ella sabe que Gabriel, es un luchador de lucha canaria y que va a ser peligroso ir en su contra, este fue el motivo por el cual decidió bailar con Gabriel, no pensó que también el doctor podía reaccionar con una actitud violenta.

Y tratando de calmar la situación, dijo de una manera suavecita para no disgustar mucho a ninguno de los dos competidores.

-¡Segismundo lo siento!; Pero ya salí a bailar con Gabriel, y si no te importa más tarde bailo con contigo.

Tremenda sorpresa para el doctor, pues momentos antes había dejado a Isabel, de una manera desagradable para bailar con Carmencita, así don Segismundo se vio despreciado, el doctor pensó que también él le agradaba a Carmencita, pues al discutir con Isabel, ella había dicho que el médico era suyo.

Para don Segismundo esto es una grande humillación, pues él no pretendía solo bailar con Carmencita esta noche, él está enamorado de ella, había tiempo que estaba tratando de buscar la ocasión para poder hablarle y hacer una amistad con Carmencita, ahora que ya le parecía que lo estaba logrando, se presenta Gabriel a interponerse y romper la primera oportunidad, que ha tenido en mucho tiempo.

En el momento que Segismundo se vio suplantado se sintió ofendido en su orgullo, sin mirar lo que hacía y sin pensar, de pronto cerró los ojos y le dio un empujón a Gabriel; pero sin pegarle, pues el no quería pelear o no pensó nada, estaba ofuscado y con este gesto al empujarlo lo único que hizo es dar ventaja a Gabriel.

Gabriel cuando vio que le habían puesto las manos encima, como es un luchador y bien fuerte, le proporcionó un tremendo golpe al doctor, que Segismundo, cayó al suelo desvanecido.

Al ver los demás compañeros la trifulca que se había formado, fueron corriendo; varios sujetaron a Gabriel y otros recogieron al inconsciente doctor.

Se los llevaron por separado a las mesas, los amigos del doctor después de aconsejarlo y tranquilizarlo, le dieron a tomar una cerveza; pues don Segismundo a parte del golpe se había llevado un inmenso desagrado, incluso recibió un puñetazo y cayó al suelo justo delante de Carmencita. ¡Qué contrariedad!; Para don Segismundo.

¡Sí le dolía el golpe; pero más le dolía el alma! Segismundo estaba en unas condiciones de despecho y desengaño, totalmente desmoralizado, abatido, con una pesadumbre encima que no le faltaba sino llorar.

Con el desespero y la amargura que sentía trató de disimular, en varias ocasiones se cubrió los ojos con las manos y después de varios minutos, poco a poco comenzó diciendo a los otros compañeros.

-¡Yo no le quise pegar!; Yo no fui a pelear con él y no pensé que iba a reaccionar de esa manera, porqué si yo lo hubiera sabido, ¡A mi no me toca!

Los amigos de Segismundo tratando de tranquilizarlo, también ellos estaban desagradados, y sabiendo que el doctor no es una persona de peleas, para calmarlo le dijeron.

-¡Déjalo!, Se ve que está despechado y enfurecido, porque Carmencita no lo quiere a él.

-¡Tú sabes!, Tiene tiempo tratando de enamorarla y ella no lo ha querido nunca, ¡Y no lo va a querer ahora!, no sabemos como es que fue a bailar con él. -¡Vamos!, que no hemos venido aquí para pelear.

Y así trataron de restablecer la calma; pero ya el animo de todos se había enturbiado y el doctor tenía, un ojo morado, un chichón en la frente, un dolor de cabeza; y un tremendo disgusto que no lo podía disimular, ya se había arruinado la fiesta para todos ellos.

Después de un rato decidieron regresar, pues a los amigos del doctor no les gustó el atrevimiento de Gabriel, invitando a Carmencita a bailar, siendo que Carmencita estaba acompañada por Segismundo, únicamente con la intención de buscar peleas, porque estaba celoso.

Todos sabían que Gabriel tuvo la culpa, y encima le dio un descomunal puñetazo, a Segismundo.

Algunos de ellos fueron a reclamar a Gabriel y comenzaron otra vez a discutir.

-¡Tu eres un descarado!, -Le dijo Justino- No te has dado cuenta que Carmencita no te quiere a ti; busca otro con quien luchar si te quieres hacer el fuerte.

Al oír las palabras de Justino, Gabriel quiso volver a pelear; pero sus amigos lo sujetaron, porque ya se habían agarrado por la ropa de nuevo; también estaban allí los amigos del doctor para defenderlo, unos sujetaron a otros y después de un montón de discusiones y empujones, decidieron marcharse, ya los ánimos no estaban para fiestas, -y todos dijeron-

-Es mejor irse y no continuar peleando.

Por otro lado las amigas de Carmencita la sujetaron para tranquilizarla; pues ella se asustó con los nervios se puso a llorar temblando no se podía calmar, tuvieron que sentarla porque no se mantenía en las piernas.

Cuando ya creyeron que había pasado toda la contienda llegó Isabel con sus amigas y regañó a Carmencita, -diciéndole- casi a gritos

-¿Tú vez? Quisiste llevarte al doctor para ti sola, ¿Porqué tenías que ir a bailar con Gabriel? Mira lo que hiciste, eso no se hace, hacer pelear al doctor con otro por tu culpa; ¡Pobrecito!, y encima le pegaron, ¿No te da vergüenza?.

Carmencita se puso a llorar de nuevo, -diciendo.

-Yo no sabía que esto iba a pasar, si lo hubiera sabido Gabriel no se acerca a mi.

Las demás regañaron a Isabel.

-Mira Isabel, ¿tú no tienes compasión? Para venir a molestar una persona que ya está demasiado nerviosa.

-¿Si estás celosa, porqué no corres tú detrás del doctor a ver si te quiere a ti? -Le dijo Guillermina- pues el decidió bailar con Carmencita y ella no estaba obligada de bailar con él toda la noche.

Así Isabel se fue con sus amigas, -no sin antes decir-

-¿Tendrías que estar contenta verdad? Pues si está nerviosa, se asustó tanto y está temblando, ¡Se lo merece!; tenía que tener más cuidado para no hacer que se peleen por ella.

Así casi todas regresaron, a todas las jóvenes que habían ido a divertirse se les arruinó la fiesta, cada una con sus amigas volvieron al pueblo; amargadas algunas, decepcionadas otras.

Carmencita con un nudo en la garganta, ya no solo estaba pasando una inmensa mortificación por lo que le pasó al doctor, y verlo en el suelo casi inconsciente por la brutalidad de Gabriel; la angustia la estaba matando, quiso jugar y había provocado una tragedia que ella misma no lo pensó, y que pudo haber sido aún peor, se avergonzó delante de todas las demás, y los otros jóvenes que estaban presenciando la riña.

Ahora Carmencita, no solo se sentía culpable ella misma, también sabía que todas las enamoradas del doctor, la habían acusado de ser ella la culpable; pues también se vio despreciada por las otras.

Esta fue una mala experiencia para todas y todos los jóvenes, que habían ido a otro pueblo a divertirse en una fiesta y salieron peleando.

CAPITULO 16

LOURDES SE DOBLA UN PIE

*A*l día siguiente de haberse peleado en la fiesta del valle, "Segismundo con Gabriel" los comentarios en el pueblo fueron tempestuosos; la noticia se repartió mejor que si hubiera sido un periódico, ya la mayoría de los parroquianos sabían lo que Carmencita había hecho, unas decían que Gabriel tubo la culpa, otros que Carmencita y otros el médico.

Carmencita no le quedó otro remedio que salir a la calle, pues estaba estudiando y por fuerza tenía que ir al colegio, así se encontró en la parada del autobús con la señorita Lourdes.

Este problema le había molestado mucho a Lourdes, pues ya no solo estaba celosa a morir, de ver que el doctor se puso loco de celos y se arriesgó a pelear, por no querer que Carmencita bailara con Gabriel; pues también Lourdes estaba en la fiesta, esperando de un lado para el doctor la viera y la invitara a bailar; no quiso intervenir mientras Segismundo estaba bailando con las otras, ni cuando estaban peleando porque ella quería que él, le vaya a rogar para bailar con ella.

Lourdes no se va a poner a suplicar para que nadie la invite, en su mente Lourdes cree que tiene el derecho, que los demás le tienen que rogar.

Se formó la contienda antes de Lourdes tener la oportunidad y poder lograr sus pretensiones, al ver la pelea Lourdes se fue toda desagradada, sin preocuparse ni siquiera de lo que había pasado a don Segismundo; ahora se dio cuenta que el doctor está sin compromiso enamorado y loco por Carmencita.

Para Lourdes esta es una complicación tan desagradable, o aún más; como si el doctor se fuera a casar en su pueblo, en este momento tiene una contrincante que ella no esperaba, justo delante de su cara.

Carmencita es mucho más joven y más bella que Lourdes, si el doctor está enamorado de Carmencita, va a ser bien difícil que Lourdes se lo pueda quitar, esta es una peligrosa y verdadera rival para Lourdes.

Así Lourdes al ver a Carmencita, en la parada del autobús, no se pudo contener y saltó diciendo.

-¡Hola,… hola,… hola! Aquí está la conquistadora.

-¡Así que todos los hombres se pelean por ti! -continuó Lourdes- ¡Ya tenías al doctor y te fuiste con Gabriel! mira que hacer que le peguen, ¡A propósito! al pobre don Segismundo.

Lourdes hablaba con una rabia, que parecía que quería pelear ella también. Carmencita se dio cuenta de los celos de Lourdes, y en lugar de pelear, estaba tratando de esquivar el problema. -por eso le dijo-

-¿Pero bueno que te pasa a ti? te levantaste mal hoy ¿estás mal despertada? -le preguntó Carmencita.

-Lourdes siguió más rabiada aún-.

-El doctor e Isabel estaban bailando tan contentos, le quitaste a Isabel su pareja y después te gustó más Gabriel,

¡Y por fin!; ¿Con cuál de los dos te vas a quedar? Por que se supone que será uno de los dos; ¿O es qué todavía hay más?

Carmencita permanecía callada mientras Lourdes hablaba y la insultaba, estaba avergonzada, en principio no quería decir nada, le parecía mal ponerse ella también a gritar delante de las personas que estaban en la parada del autobús, y poco a poco fue perdiendo la calma, poco a poco fue perdiendo la serenidad, y a medida que Lourdes la despreciaba y la humillaba, Carmencita fue tomando fuerza, coraje, y la rabia no la pudo contener.

Cuando ya había oído suficiente, se levantó del sitio donde estaba sentada y Carmencita, también ella gritando, -le dijo a Lourdes-

-¡Mira Lourdes! ¿Tú sabes una cosa?; Yo no tengo la culpa que tú hayas ido al consultorio del doctor, haciéndote pasar por enferma, ¡Sólo para verlo! Tratando de que se enamore de ti por la fuerza. ¡No te diste cuenta!, ¿No has remarcado?, que no le gustan las feas, viejas, y pretenciosas como tú; ¡Y que el no te quiere!, ¡Todo el pueblo lo sabe! pues ya te pasaste de tonta y además, no tienes ni uno solo que te quiera, por eso estás rabiando.

Lourdes al oír lo que dice Carmencita, se va poniendo amarilla de rabia y solo acierta a decir.

-Qué. ¿Qué?

Carmencita ya no se podía parar y continuaba hablando y gritando y la demás gente mirando.

-Y Carmencita continuó.

-Así que todas esas visitas que le hiciste al doctor, no te sirvieron para nada, no te creas tú, que con el dinero que tienen tus padres, con eso vas a comprar a Segismundo; !No creo que el doctor se venda! y Carmencita -siguió gritándole a Lourdes-

-¿Y si el doctor se enamoró de mí? ¿Y si Gabriel se enamoró de mí? No es mí culpa, y por quien me voy a decidir a ti no te interesa ¡Y eso es cosa mía! ¡Pobre de ti! Que no tienes ninguno que te quiera, y no se ha peleado nadie para conseguir tú amor.

-¡Oh… no! -gritó Lourdes- esto no lo puedo tolerar.

-Que una mocosa como tú me insulte de esa manera.

Ahí Lourdes no pudo más, fue demasiado para ella, estaba decepcionada y celosa a morir; al oír que no tiene ninguno que la quiere, se enloqueció y sin mirar siquiera por donde ponía los pies, se puso a correr detrás de Carmencita.

Carmencita al verla tan furiosa, se puso a correr ella también, no le tenía miedo; pero no quiso hacerle frente para no formar otra escena como la que había pasado la noche anterior en la fiesta.

Lourdes estaba tan frenética que no vio nada más, no se dio cuenta que había bastantes personas mirándola, quiso correr detrás de Carmencita; pero tenía unos zapatos de tacones altos para ir a la ciudad, y le dolían los pies, al dar dos o tres pasos, se le dobló un pie y se puso a gritar -diciendo.

-¡Hay… dios mío, ya se me partió el pie!

Y con los gritos de Lourdes se aproximaron varias personas y la ayudaron queriendo llevarla al doctor.

Querían llevarla al otro médico que hay en el pueblo y que estaba más cerca; pero Lourdes insistió diciendo que don Segismundo es el médico de la familia y que al otro no quería ir.

Al insistir Lourdes, pues su antojo era más fuerte que el

dolor del pie, la llevaron al consultorio de don Segismundo.

Así Lourdes iba saltando con un pie en el aire entre dos personas, sujetándola una de cada lado por los brazos; al llegar al doctor ya ella tenía preparada una escena de teatro y comenzó llorando.

-¡Hay Segismundo! -Dijo Lourdes- Si tú supieras, yo estaba tan tranquila esperando la guagua y llegó Carmencita, me dijo tantas cosas malas, que yo quise irme para no oírla más, porque me molestó tanto todo lo que me dijo, cuando quise salir apresurada para irme a mi casa; pues ya no tenía ganas de ir a ningún sitio. -Y Lourdes siguió, diciendo mentiras- Estaba yo tan contenta, iba a La Laguna a comprar todas las bonitas cosas que salieron nuevas de moda; !Y por culpa de esa Carmencita! -dijo con un tono despótico- !Ya no puedo ir! Se puso a llorar de nuevo -y continuó diciendo- Yo no se lo que pasó y se me dobló el pie.

Toda llorosa, queriendo hacerle ver al doctor, que Carmencita es mala y ella es tan buena siguió explicando todos su males -y Lourdes prosiguió-

-Yo... yo... creo que se rompió el hueso. ¡Hay,... hay! ¿Si tú supieras? !Segismundo!, lo que me duele.

El doctor ya estaba bien disgustado, por lo que pasó la noche anterior con Gabriel y Carmencita.

No tenía ningunos deseos de polemizar con Lourdes, ya él sabe que es peligroso decirle alguna palabra que la contraríe por si acaso se desmaya, hoy no está en condiciones de pasar por un dilema como el ya pasó, y menos quiere discutir con Lourdes, tratándose de Carmencita, no quiso decir ni una sola sílaba acerca de eso.

Quiso tratarla con una cierta distancia, se puso a mirar el pie, y preguntó. -¿Dónde le duele? Lourdes, aprovechando la situación y el momento -le dijo.

-Por todos sitios estoy segura que está partido.

El doctor lo tocó varias veces por los dos lados -y le dijo a Lourdes-

-Bueno yo creo que no está roto, lo que tiene es una torcedura; pero para estar más seguro sería bueno que usted baya al hospital y se haga una radiografía, y de esta manera se puede ver bien si se dislocó algo. Yo creo que no es nada, no se preocupe señorita Lourdes, eso en dos o tres días se pasa, quédese sentada con el pie en alto y no haga ningún esfuerzo, que el va a volver a su sitio.

Lourdes, vio al doctor bien serio, se dio cuenta que no le dio mucha confianza, ni ninguna importancia a lo que ella dijo de Carmencita; también Lourdes, al ver al doctor angustiado y con cara de pocos amigos, se mostró un poco más reservada, de como se había comportado en principio, -y comenzó casi a disculparse-

-Hay muchas gracias doctor, yo voy a hacer la radiografía hoy mismo, y si usted me hace el favor de llamar a mi padre por teléfono, para que me recoja con el coche. Se hizo la llorona de nuevo y -terminó diciendo- pues yo no puedo caminar...

-Bueno no se preocupe señorita, ahora mismo lo llamo, -le contestó el doctor.

Cuando llegó su padre, Lourdes se puso a llorar como una niña mimosa.

-Hay papá se me dobló el pie sin querer y no... puedo y no... puedo caminar.

-Bueno no te preocupes hijita, ya te vamos a ayudar.

-contestó el padre-

Los dos, el doctor y el padre, ayudaron a Lourdes a subir

al coche, después de sentar a Lourdes su padre volvió atrás para hablar con el doctor, como si se hubiera tratado de una niña pequeña, que no se podía hablar delante de ella para no asustarla, -y el padre preguntó-

-¿Es qué usted cree que se rompió algo doctor?

Don Segismundo, un poco extrañado de ver la reacción del padre, sobre todo tratándose de una mujer adulta que ya está llegando a los cuarenta -respondió.

-No,... no tiene nada roto, no se preocupe es sólo una torcedura, yo creo que en dos o tres días se le va a quitar, eso pasa, duele bastante y hay que esperar a que vuelva a su sitio, es normal que ella esté asustada.

-¡Muchas gracias doctor! -dijo su padre- ¡Que se va a hacer! !Pobrecita!

Entre tanto Carmencita se fue a su casa, estaba tan molesta que ese día no tenía ganas de volver a la escuela; pero estaba obligada a ir para terminar el curso pues estaba yendo al colegio luego quería ir a la universidad a estudiar periodismo, y le faltaban pocos meses para finalizar.

Carmencita llegó a su casa, y su madre al verla pálida y de regreso le preguntó.

-¿Que pasó hija, porqué volviste?

-A pues hoy como que no es un buen día, no me siento bien y retorné -contestó Carmencita-.

Su madre volvió a preguntar.

-¿Es qué estás enferma? ¿Tienes fiebre, qué es lo que tienes?

-Carmencita contestó- Ho no,... no,... es nada mamá, un poco mal de la cabeza, y creo que es mejor quedar en casa por hoy; pues no voy a ser capaz de hacer nada en el colegio.

Su madre siempre tratando de ver que es lo que tiene su hija, fue y le llevó un baso de jugo de naranja.

Carmencita no sabía como tranquilizar a su madre, y no quería decirle cual es el problema que tiene; ella siempre tratando de ocultar la verdad, dijo eso para disculparse, lo que si tenía es nervios por el problema que tuvo con Lourdes.

Ahora tiene miedo de ir a la calle, pues ya sabe que casi todas las amigas de Lourdes cuando la vean la pueden regañar, y ella no se va a dejar menospreciar por nadie.

Y menos por todas estas jóvenes, que estaban esperando de enamorar al doctor y como no lo han logrado están bien enojadas; quieren descontarse con Carmencita sus propias frustraciones

Esa noche Carmencita estuvo pensando que podía hacer para salirse de esta complicación y sin volver a caer en otra controversia, para no acarrear con todos los males de las otras.

Y lo de Lourdes, fue ella la que comenzó, es lamentable; pero si se rompió el pie fue culpa suya. También esto tiene preocupada a Carmencita, pues ella no sabe aún si es que Lourdes tiene el pie roto.

Después de meditar esa noche, Carmencita cree que lo mejor es decir a su madre la verdad, por si alguna de éstas impertinentes le ocurre de decir algo importuno; no solo van a decir lo que pasó, puede que digan un poco más y eso es lo malo; de esta manera pensando que podría encontrarse en otro dilema aún peor, lo mejor que podía hacer es hablar con su madre, contarle todo lo que había pasado y así evitar otros contratiempos y aún peores males que pudieran presentarse.

Al día siguiente lo primero que hizo es pedir consejo, contándole a su madre que ella no tuvo la culpa, la mamá la tranquilizó -diciendo-

-Oh,… Carmencita, no te preocupes, eso le pasa en todo el mundo a la mayoría de las jóvenes, pues a mi también me pasó lo mismo.

-¡Ah, si…! -Dijo Carmencita-

-Si, -continuó su madre- había otro pretendiente que me quería, también se peleó con tú padre y yo me quedé con el ganador, más tarde me decidí por él nos casamos, y no te creas, habían bastantes que estaban celosas de mí; pues eso es lo que pasa, si ellas no tienen novio y ven que hay otra por la cual los jóvenes se pelean, es normal que les de un poquito de celos.

Y la madre de Carmencita siguió tratando de tranquilizarla.

-De todas maneras no te preocupes, que yo sé lo que voy a contestar si me dicen algo, tú verás, las voy a poner en su sitio y no te van a molestar más, está muy bien que me lo hayas dicho, así ya sé de que se trata en caso de algo, pues yo soy tu madre y es a mi hija que tengo que defender.

Carmencita vio a su madre tan decidida, y asustada

-replicó-.

-Hay ten cuidado mamá, que se puede hacer el problema más grande.

-Su madre le dijo-

Oh,… no hay ningún problema, tú tranquilízate y vete al colegio que todo se va a arreglar, tú no te dejes impresionar por nadie, tú tienes que escoger la persona que a ti te guste, sin que amigas, o no amigas, te impongan sus voluntades, ya verás, al momento que tengan ellas que tomar una decisión de esta magnitud, no le preguntan a nadie, ¡Eso es personal!; no tiene nadie que intervenir.

Carmencita Le -contestó a su madre-

-¡Gracias mamá! menos mal que yo te tengo a ti, ahora estoy más tranquila y segura; espero que no venga otra con historias, porque ya no le voy a tener miedo.

-Gracias de nuevo mamá, ¡Tengo la mejor mamá del mundo! -Le dijo Carmencita- y le dio un abrazo a su madre.

Y así se fue contenta, ahora Carmencita andaba con cuidado, al pasar por alguna de las amigas de Lourdes, no le daba ninguna importancia ni la miraba, para no tener complicaciones de ninguna clase.

Así pasaron varios días y nadie dijo nada, pues ya había pasado la voz de unas a otras que Lourdes discutió con Carmencita y por su culpa Lourdes, se dobló un pie.

Durante la semana, una de las tardes al reunirse en la plaza de nuevo, todas miraban a Carmencita, sus amigas se juntaron con ella y comenzaron a preguntar lo que pasó con Lourdes; pero Carmencita dijo la verdad a sus amigas y todo lo que Lourdes le había dicho, y ellas dijeron.

-Déjala que cuándo la veamos tu verás lo que le va a pasar y no dijeron nada más.

Más tarde Lourdes estaba caminando en la plaza, con una de sus amigas, ya se le había pasado el dolor del pie, pues no había sido nada grave.

Una de las amigas de Carmencita la vio, -y dijo a las otras-

-Mira que bien, ahí esta la pobre Lourdes, con su pie roto. -Comenzó a hacer que lloraba diciendo.

-¡Hay... doctor! toque todo lo que quiera, toque mi pie, para que vea que está roto y por culpa de Carmencita, hay...

Al ver Lourdes, que todas se estaban riendo de ella, se fue de la plaza, ese día no asistió ni siquiera al concierto de la tarde.

CAPITULO 17

SEGISMUNDO SE DISCULPA

*C*omo ya había un grande antagonismo entre Gabriel y don Segismundo, el domingo siguiente Carmencita fue a misa con sus padres.

No quería ser importunada por ninguno de los dos, ella pensó que si alguno de ellos le hablara, el otro pudiera intervenir.

Después de la ceremonia religiosa, cuando iban saliendo de la iglesia Carmencita con sus padres, don Segismundo se acercó a la familia; Carmencita al ver que él se acercaba se puso a temblar, ella creyó que el doctor iba a decirle algo a su padre en relación de lo que pasó el domingo anterior en la fiesta, don Segismundo saludó con la amabilidad que lo caracteriza, habló con el padre y la madre unos minutos; pero no hizo alusión por ningún motivo, de algo que pudiera molestar o ofenderla a ella, y menos diría algo así delante de sus padres. También habló un momento con Carmencita.

Como era la temporada de calor, el doctor aprovechó la ocasión -y le dijo-

-Hola Carmencita, ¿Cómo estás? Si no te importa me gustaría invitarte a tomar un helado.

Carmencita tímidamente, con muy bajita voz -saludó-

-Hola, yo estoy bien y tú.

Ella también vio la oportunidad de disculparse con el doctor; había salido la noche del altercado huyendo, avergonzada, y sin saber como disculparse por haber provocado una trifulca con su imprudencia, y por la cual don Segismundo salió perjudicado; en este momento Carmencita también siente la necesidad de hablar con Segismundo y disculparse, tiene vergüenza y sin mirarlo, -contestó- -Con mucho gusto.

-Y dijo a sus padres- hasta luego papá y mamá.

-Hasta luego hija. -le contestó su madre-

Carmencita y Segismundo se fueron a la heladería, se sentaron y don Segismundo con bastante delicadeza y ternura, para no molestar a Carmencita de nuevo; pues estaba dolido por todo lo que pasó en la fiesta y no quiere importunarla con algo que la disturbe.

El doctor estaba bien avergonzado, se sintió humillado de la manera que Gabriel lo había tumbado al suelo, había caído como un saco sin poderse contener, casi voló en el aire, y sólo en recordar lo hacía sentirse desmoralizado, empequeñecido, tratando de ocultar un ojo un poco morado, el doctor estaba pasando por un inmenso desagrado.

Don Segismundo comenzó diciendo con una voz de pesar.

-¡Lo siento Carmencita! Pues el domingo en la fiesta creo que no me comporté muy bien... y quisiera disculparme contigo; tú no mereces que yo te haya puesto en este compromiso y hacerte pasar un mal momento, como el que hemos pasado los dos; ha sido una grande contrariedad también para mí, yo sé que no está justificado; pero yo necesito que...¡Me comprendas... y que me perdones!; Yo sé que mi comportamiento fue inadecuado, y no supe lo que hacía, porque en ese instante la desazón y los celos me cegaron, yo ya estaba feliz de poder estar a tú lado, oír tú voz, hablar y bailar contigo; se presentó Gabriel inesperadamente y no supe que hacer, y yo sé que no podía pretender exigirte que bailaras, solamente conmigo, y... lo más que me dolería; es que por este inconveniente, nos enojemos los dos y nos distanciemos, yo espero que ya eso pasó volvamos a ser amigos, !Yo te pido perdón por todo lo que pasó!

Carmencita vio que el doctor estaba pasando una consternación que lo estaba atormentando, y de todas maneras ya se había disculpado, ella también quiso tranquilizarlo,

-diciendo-

-No te preocupes Segismundo, yo también lo siento y creo que la culpa fue mía, fue inapropiado lo que hice, yo cometí un error; fue una imprudencia de mi parte y no pensé que podía terminar en una pelea.

-¡Yo también te pido perdón!, -rápido manifestó Carmencita- Si tu me perdonas, de parte mía eso ya está perdonado y olvidado; además los otros también tuvieron la culpa.

Y así un poco sonriente para ocultar la vergüenza que estaba pasando, porque Carmencita sabía que aunque el doctor se disculpara, la culpa era suya, -Y Carmencita terminó- y no te preocupes no somos solos.

Segismundo emocionado, viendo que acaba de arreglar lo que ya había creído imposible, -casi susurrando le dijo- -Gracias Carmencita, eres encantadora, ¡Acabas de devolverme la vida!,

-Continuó el doctor- he tenido una pesadumbre que me estaba rompiendo el alma, yo nunca hubiera querido molestarte, o disgustarte, y menos quiero culparte.

-Me has devuelto la tranquilidad, pues lo más que me hubiera dolido, es no poder volver a hablarte.

-¡Gracias de Nuevo!; te invito a ir al cine esta tarde.

Carmencita estaba tan contenta y feliz de haber podido solucionar, lo que también ella pensó que había destruido. Don Segismundo acaba de demostrarle; ¡Una gran nobleza de espíritu! ¡Unos sentimientos innegables! y ¡Una delicadeza sublime!

Carmencita aceptó de inmediato -diciendo-

-Está bien, esta tarde yo voy con mis amigas, y nos encontramos en la plazoleta del ramal, frente al cine.

-Bien -dijo el doctor- ¡Te espero a las cuatro!

Después de salir del cine, Segismundo acompañó a Carmencita hasta su casa. El sitio por donde vive Carmencita no hay carretera, es un camino de piedras y tierra que con el tiempo se ha ido apisonando. Bajaron lentamente hasta llegar al cardón, un barrio que está a orillas de un barranco, en donde hay una represa, caminaron los dos uno junto al otro, y al despedirse el doctor tuvo la oportunidad de dar un abraso a Carmencita. Aprovechó que ya se estaba haciendo de noche y no había nadie cerca.

Con la emoción del momento, don Segismundo le pidió de salir de nuevo juntos y susurrándole al oído Segismundo-dijo-

-¡Carmencita!, ¡Yo estoy enamorado de ti!; Tú estás en mis ojos, en mi pensamiento, en mi corazón y en mi vida, quisiera que seas mi novia y me gustaría saber si tú me quieres a mí también; desearía poder salir contigo todos los domingos, solos los dos, y sin amigas, si tú quieres para que estés más tranquila; ¡Yo le pido permiso a tu padre!, el próximo domingo, si tú quieres podríamos... ir a pasear a la orilla del mar.

Sorprendida de la rapidez con que va don Segismundo,
-Carmencita contestó-
-De momento no te puedo dar una respuesta, pues yo no pensé todavía en tener novio, estoy estudiando, mis padres dicen que soy muy joven, primero tengo que terminar aunque sea el colegio, seguro que no les va a gustar; pero si te puedo decir que tú también me agradas y cuando estoy cerca de ti, ¡Me siento feliz! Si no te importa... Con el tiempo ya veremos. Y no hizo ninguna alusión a si lo quiere o no.

Un poco contrariado, porque Segismundo pensaba, que Carmencita le decía que si de inmediato; pero no la quiso presionar, de todas maneras ya esto es una buena prueba que Carmencita está de acuerdo en salir de paseo con él.

La acompañó hasta la puerta, y el doctor se fue a su casa feliz, ya Carmencita le hizo saber que él también le agrada a ella, así Carmencita dio una esperanza a don Segismundo y también ella se dio cuenta que todo este problema que estaba pasando el doctor, es debido, a, el amor que siente por ella.

Gabriel está que se muere de rabia y de celos; pero no quiso volver a discutir con el doctor.

Al día siguiente, después de Carmencita salir de la escuela y un poco antes de llegar a su casa, estaba Gabriel esperándola, y en lugar de disculparse como hubiera sido normal, lo que hizo es molestar a Carmencita con palabras muy desagradables.

Ni siquiera saludó, estaba tan resentido y exasperado, que tragaba saliva a cada momento; pues seguro que como estaba siguiendo los pasos de Carmencita, había visto a don

Segismundo acompañarla al cine y despedirse de ella el día anterior, y Gabriel al verla comenzó diciendo.

-Ah, ahora te vas al cine con el doctorcito ese... ¡Yo creí que tú eras un poco más seria!

Cuando Carmencita oyó esto, -dijo gritando-.

-¿Qué? Quién eres tú ¿Qué te da derecho a ti de mirar si yo soy seria o no? Yo no necesito que tú me estés causando problemas, y yo creí también que tú eras un poco más educado ¡Eres un idiota!; el que me hayas invitado a bailar una vez, no te da derecho a venir a molestarme; soy suficiente grande para saber lo que tengo que hacer y con quien quiero salir.

-Y terminó diciendo.

-No me molestes más, ni te atravieses más delante de mi, yo no quiero hablar contigo, y así trató de irse rápido a su casa.

Viendo Gabriel, que ella lo trató con tanto desprecio le -dijo-

-¡Ha si! por ahí están diciendo que el doctor tiene novia y se va a casar.

-¿Por qué te estás dejando engañar por él? Yo también creí que tú eras más inteligente.

Ya Carmencita no dijo nada más, siguió caminando; pero esto último que dijo Gabriel, si que le dolió en el corazón, le dolió más que las palabras que había dicho anteriormente y que la ofendieron directamente a ella.

Pues ya Carmencita sabía, que Lourdes había dicho a la mayoría de las jóvenes del pueblo, que el doctor tenía novia y que se iba a casar.

-¡Y si es así! Se preguntó; cómo está diciéndome a mí que me quiere y que está enamorado de mí.

Aunque nadie estaba seguro, todas lo comentaban y sospechaban, que podía ser verdad, o que podía ser mentira; pero nadie sabe con certitud, cual es la realidad. -!Qué contrariedad!; -exclamó Carmencita- ella también está enamorada del doctor, estas palabras de Gabriel, le pegaron en lo más profundo de su ser.

Cuando salió con Segismundo para ir al cine y lo abrasó, no pensó ni siquiera en preguntarle, cual es la verdad. ¡Había sentido el amor! había sentido una sensación tan extraña, que solamente en pensarlo se ruborizaba, cuando Segismundo la abrasó, sintió un escalofrío que le llegó hasta los dedos de los pies, la había hecho temblar de píes a cabeza, ya no tenía ninguna duda... ¡Es a Segismundo que quiere!; pero no se quiere equivocar, sería lo peor que le pueda pasar, enamorarse de alguien y que esa persona quiera a otra, ya está segura que es al doctor que quiere; pero quiere estar segura que el también la quiere. Ahora Carmencita tiene que saber la verdad, antes de volver a salir con Segismundo, caminó hasta su casa afligida, y desorientada en sus pensamientos.

Después de la discusión con Gabriel, Carmencita se quedó desconcertada, indecisa, ya no sabía que pensar, triste no quería perder la razón, tenía incluso miedo de encontrarse de nuevo con el doctor; pues en este caso ya no sabría que decir y tiene pavor de enfrentarse a la realidad, en su pensamiento estaba viendo todo tipo de situaciones delante de ella, confusa, aturdida, y sin ninguna experiencia, como una chiquilla que es, no quería decirle nada a las amigas,

¡Y menos a su madre!, no quería ni pedir, ni dar explicaciones al doctor. Carmencita quiere ser la única, y no tener rivales para competir por el amor de Segismundo y tampoco quería pedirle explicaciones, para que él no se diera cuenta, ¡O fuera a pensar!; Que ella estaba implorando su amor.

Con todas estas conjeturas en la cabeza, decidió que lo mejor sería averiguar primero la verdad.

¿Y de qué manera se podría averiguar?, pensó ella, pues no conocía a nadie a quien preguntar, y que le diera una explicación con veracidad.

CAPITULO 18

LA SERENATA DE GABRIEL

*C*armencita, estaba tan abatida que no sabía que hacer, se fue cerca de su casa en la cima de una pequeña colina frente al mar; se sentó a mirar el atardecer, justo para olvidarse del problema que la aflige, reflexionar y no precipitarse en tomar una mala decisión, o juzgar a Segismundo, por algo que ella misma no está segura.

Se quedó pensativa mirando el horizonte, y al ver el crepúsculo del sol acostarse debajo del agua.

Al ver los reflejos de luces y el sol entre el cielo y el mar, los colores rojos, azules naranja, violeta, dijo sola sin pensar.

Y el alma se estremece
Corre y lo quiere alcanzar
El horizonte se pierde
Y el atardecer se va
Los colores se transforman
Y oscurece en el pensar
Igual que el ocaso llega
El día se va a ocultar
Y se pierden los colores
Cuando el reflejo se va
Suave el ave se despide

Con las alas va a amarar
Oscilantes sin cesar
Con el reflejo y la sombra
Del crepúsculo y la noche
En el agua va a quedar
Y al traspasar la oscuridad
Un nuevo día va a comenzar.

Carmencita, cuando se fue a sentar en la colina, experimentaba una tristeza que le oprimía el corazón, y poco a poco se fue olvidando de la agonía que sentía en su alma; mirando el atardecer y recuperando la calma, hasta que sintió una satisfacción y quietud que no se había imaginado, fue algo tan maravilloso e inexplicable, en un instante de gracia, algo que no esperaba encontrar ahí, ensimismada y llena de paz en su espíritu, ya no tuvo más miedo ni pesar; pasó un largo lapso tiempo y se olvidó de todo, incluso del motivo por el cuál, había ido a sentarse allí.

Cuando ya comenzó a oscurecer, decidió regresar a su casa, ya no tiene ninguna duda, está completamente segura, que es necesario saber primero la verdad; pero pensó que es mejor dejar las cosas así por el momento y esperar, para no precipitarse en una decisión equivocada.

Llegando el domingo dijo a su madre que se sintió mal y se quedó en la casa.

Había ido a la primera misa de la mañana, justo para no encontrarse con alguno de los dos enamorados que podían molestarla.

Así Gabriel se había quedado casi todo el día cerca de la casa de Carmencita, esperando para ver cuando ella salía y disculparse.

Después de haberlo pensado bien se dio cuenta del mal

que había hecho, ahora si que era difícil volver de nuevo a ponerse de acuerdo con Carmencita; Gabriel estaba pensando que ya casi no podría lograrlo de ninguna manera.

También estaba dolido, por haberla visto en el cine con el doctor y el desprecio con que ella lo había tratado.

En la tarde del domingo, Gabriel salió como de costumbre para ir de paseo, en dos o tres ocasiones volvió a su casa, su madre al verlo nervioso le pareció que tenía algún problema porque generalmente los domingos salía con sus amigos y no regresaba hasta la noche, -su madre le preguntó. -¿Qué pasa Gabriel?

-¿Cómo es que hoy no sales de paseo?

-A pues si... voy a salir; pero es que los otros amigos no han llegado y estoy esperando, -contestó- Gabriel.

Dijo así para no disgustar a su madre y que no se diera cuenta por la malaventura que está pasando, que para Gabriel es una grande complicación, entró en su casa, recogió la guitarra y se fue.

Como no vio a Carmencita por ningún sitio, buscó dos de sus amigos, y los aconsejó para que lo acompañaran; entre los tres con sus guitarras se estuvieron entreteniendo hasta que llegó la noche, cuando ya creyó que era el buen momento Gabriel, -dijo a sus amigos-

-Bueno, el motivo que los llamé es porque quiero dar una serenata a Carmencita... y quiero que ustedes me ayuden.

Todavía no había terminado que su amigo gritó.

-¡A Carmencita! -dijo Luis- ¿Qué Carmencita? Oh ¿Carmencita de la Cierra?

-¡Ho no! -dijo Ignacio- Si su padre nos ve ahí, no le va a gustar, y con su padre hay que tener cuidado, ¿Pero... porqué tú no le hablas a ella? Pues en la fiesta dejó al doctor para bailar contigo.

Y Gabriel se quedó callado, sin decir ni una sola sílaba, mortificado y contrariado, pues no quería decir nada a sus amigos, de la discusión que tuvo anteriormente con Carmencita, y menos quería decir lo que pasó entre los dos, por fin después de titubear unos instantes, dijo.

-Bueno es que yo... quería darle una sorpresa, y a su vez decirle que no se deje engañar, porque me he dado cuenta que el doctorcito ese pretencioso, la está persiguiendo... y además yo creí que ustedes son mis amigos terminó diciendo.

-José Manuel contestó -Oh si....claro que si somos tus amigos; pero la ocasión no es propicia para serenatas, y bueno de todas maneras, si tú insistes, lo que vamos a hacer es qué tú vas adelante cantas y nosotros quedamos atrás para acompañarte, Verdad Luis ¿Estás de acuerdo?

-Si está bien, así por lo menos si nos echan agua, tenemos tiempo de correr, -contestó Luis- ¡Vamos!, y esto lo dijo cómo una broma para reír, pero Gabriel lo tomó en serio, se quedó un poco indeciso y ya no sabía si ir, o quedarse; al fin comenzó a caminar, y los otros lo siguieron.

Al llegar frente a la ventana de Carmencita, comenzaron a tocar las guitarras y Luis -dijo- a Gabriel.

-!Comienza!

Gabriel antes de comenzar a cantar, miraba para ver si abrían la ventana; pero no salía nadie, de todas maneras comenzó a decir esta poesía que más bien pareció una plegaria, pues estaba tan preocupado y asustado por si acaso salía el padre de Carmencita y los regañaba, con los nervios él no sabía lo que quería decir y comenzó.

Asómate a la ventana

Ojitos color de miel
Y así yo poderte ver
Al despuntar la mañana

Como no salía nadie, Gabriel ya no quiso continuar, pues él estaba esperando que Carmencita se asomara a la ventana, o por lo menos que encendieran las luces, para el darse cuenta que lo estaban escuchando.

Así terminó de cantar y allí no salió nadie, lo ignoraron por completo, pareció que no hubiera habido gente en la casa.

¿Y cómo pensaba Gabriel? Qué después de lo que le dijo a Carmencita, podía ella abrir la ventana para saludarlo; pareciera que los celos no lo dejan ver la realidad, después de un buen rato esperando, Gabriel miró a los otros dos y -exclamó todo amargado-

-¡Yo creo que es mejor que nos vayamos!

-Uno de sus amigos preguntó.

-¿Y porqué crees tu que el doctor la está tratando de engañar? Gabriel no dijo nada más; estaba avergonzado, dolido, después de verse humillado delante de los amigos, se sintió desplazado también él, y ya no le quedó otro remedio que retirarse.

Gabriel tenía una congoja y un tremendo disgusto encima, que no lo podía ocultar.

Atormentado, ofuscado, estaba en unas condiciones de abatimiento que no era capaz de darse cuenta que Carmencita no lo quiere.

Todavía está pensando que si él, le habla puede arreglar la situación, no se da cuenta que ya es demasiado tarde, Carmencita está totalmente enamorada de don Segismundo y a Gabriel no le va ha hablar por ninguna razón.

Durante unos días estuvo pensando si quedaba algo que

hacer para volver a hablar con Carmencita. Un día de la semana salió temprano del trabajo para esperarla cuando llegara del colegio.

Así estuvo más de dos horas esperando en la parada del autobús, Gabriel no la vio, pues ese día Carmencita regresó con su padre en el coche.

Visto que no lo logró, pensó esperar al domingo cuando fueran a misa.

Gabriel pensó que ella iba ha hacer como otras veces, después de la misa se reunía con sus amigas en la plaza y así él, podría ir a hablar con ella y tener la oportunidad de explicarse.

Al salir de la iglesia Gabriel se asentó esperando, de un lado en un muro que hay a la orilla de la plaza.

Carmencita lo vio de lejos y siguió caminando al lado de su madre, para no ser importunada, Carmencita en lugar de reunirse con las amigas, se fue directamente a su casa, ese domingo fueron a la playa con toda la familia y así pasó el día.

Entre tanto como Lourdes estaba tan enojada por todo lo que había pasado con Carmencita, cuando vio a Gabriel esperando por ella, se fue corriendo a saludarlo, algo que no era habitual en ella; pues Lourdes siempre se creyó más importante que ninguno del pueblo, por eso Gabriel se sorprendió cuando la vio llegar.

Lourdes saludó a Gabriel diciendo.

-Hola, cómo estás Gabriel, hacia bastante tiempo que no hablaba contigo.

Y Gabriel no estaba de buen humor, contestó un poco brusco.

-Si no me has hablado es porque no has querido, yo estoy

siempre en la misma casa y en el mismo pueblo.

Y esto lo dijo porque Lourdes, en varias ocasiones había pasado por él, sin saludarlo.

Lourdes -contestó-

-Bueno, yo sólo quería saber como estás.

-Así... yo estoy bien -respondió Gabriel, riendo.

-¿Y a ti cómo te va? Le preguntó Gabriel a Lourdes.

-A pues, ahora estoy mucho mejor, -respondió Lourdes, pero la semana pasada me torcí un pie, y estuve casi toda la semana sentada; ¡Sin poder caminar! todo eso por culpa de alguien, que estaba en la parada de la guagua.

A esto Gabriel contestó.

-¡Oh lo siento, no sabía!, bueno si ya estás mejor quiere decir que no fue mucho, ¡Y gracias que ya puedes caminar!

Y Gabriel no preguntó por quien fue la culpa, algo por lo que Lourdes estaba esperando.

Visto que no estaba consiguiendo, lo que ella se había propuesto, -continuó diciendo- Si,... si, hay personas que no merecen, que alguien así; ¡Un joven como tú!, se preocupen por ellas.

Cuando dijo esto ya Gabriel se dio cuenta, que ella no había ido sólo para saludarlo, y se estaba refiriendo a Carmencita, ya él sabía que Lourdes y Carmencita después que llegó el doctor a la comarca, se habían discutido varias veces; ¡Y no precisamente por él!

Gabriel comenzó a desesperarse, con los sinsabores que está pasando, y se presenta Lourdes para amargarle más la existencia; después de estas palabras ya estaba perdiendo la paciencia, y Lourdes que lo miraba insistentemente para ver cual era su reacción, se dio cuenta que ella quería polemizar con él, por los desorbitados celos que la estaban matando, y súbito dijo.

-No veo porque te preocupas tú por mis preocupaciones, ¿Desde cuándo?-siguió Gabriel- ¿Y cómo sabes tú que yo estoy preocupado?

Cuando Lourdes vio de nuevo, la contestación brusca de Gabriel, -Lourdes dijo-

-Yo no necesito que alguien me lo diga; ¡Se nota! Y te voy a decir una cosa, Carmencita está equivocada, porque el doctor tiene novia, y si ella fuera más inteligente no le haría caso y no estaría esperando por él.

Y terminó -diciendo- y tú tampoco estarías esperando por ella, ¡Pues no se lo merece!

A esto Gabriel ya no pudo contenerse, tenía una rabia que se lo estaba comiendo, ya no sólo estaba tratando de solucionar sus propios problemas, que también aparece Lourdes a molestarlo con sus insolencias, diciéndole que Carmencita está esperando por el doctor, esto era lo peor que podía haberle dicho, fue la ultima gota que rebosó el baso y de una manera todo mal humorado- Gabriel le dijo a Lourdes.

-Mira yo creo que si tu fueras más inteligente también, como tu misma acabas de decir; no estarías metiendo tu nariz en donde no te importa, es mejor que te ocupes de tus propios problemas, que con la desesperación que tienes, creo que los debes tener bien grandes.

Y diciendo esto Gabriel se fue, porque ya él estaba demasiado herido y amargado para tolerar la desfachatez de Lourdes; hacía mucho tiempo que estaba tratando de enamorar a Carmencita, siempre lo había rechazado, al momento que ella se había decidido de bailar con él, se interpuso el doctor y rompió el encanto que en el momento;

¡Pensó Gabriel! Se había producido, y que él, creyó que Carmencita había cambiado de opinión y se estaba decidiendo por él, no le dio tiempo ni siquiera de hablarle y estaba totalmente ofuscado.

Gabriel creyó que si Carmencita se decidió a dejar al doctor en ese momento e ir a bailar, era porque después de tantos intentos que había hecho, ya se había decidido, por eso cuando vio que ella fue al cine con don Segismundo y más tarde se despidieron con un abraso, no pudo soportar el desagrado y los celos lo empujaron a cometer otro error, sin pensarlo fue a molestar de nuevo a Carmencita.

Ahora es necesario buscar la forma de arreglar la situación, y discutir con Lourdes, no era la mejor manera, para Gabriel molestar con palabras a una joven del pueblo no era agradable y no quería decirle malas cosas; pues el se dio cuenta que Lourdes estaba celosa, demostraba una envidia desmesurada de Carmencita.

Lourdes se quedó otra vez en una mala situación, pues se estaba ocupando de algo que a ella no tenía porque importarle.

Si hubiera sido más inteligente, como Lourdes misma se lo creía, se daría cuenta que si Carmencita se enamora de Gabriel, a ella el doctor le queda libre, y lo mejor que podía hacer, mismo queriendo hacer daño a Carmencita, es hablar bien de ella a Gabriel.

De esta manera solo podía empeorar las cosas, si quería que el doctor se interesara en ella, tenía que buscar otro método, lo mejor sería directo con el doctor y no con cuentos.

A Lourdes no le parecía bien volver al consultorio, porque ella no estaba enferma y no tenía ninguna excusa como para presentarse delante del doctor; ya lo que había hecho anteriormente no le dio ningún resultado, todas las demás amigas lo sabían y más bien ella misma se ridiculizó delante de don Segismundo.

CAPITULO 19

LA INVITACIÓN A LA FIESTA

*L*ourdes llegó a su casa y estuvo toda la tarde pensando que será lo mejor que podía hacer.

Después de varias horas con la cabeza llena de conjeturas, contradicciones y desesperaciones, por fin había encontrado lo que ella creyó una grande solución, y toda apresurada llamó a su hermano Manolo.

Como siempre, cuando le interesaba algo no escatimaba ninguna opción ni esfuerzo para lograr lo que se proponía, y con un gesto del habitual orgullo que la caracteriza, con una voz bien delicada y su habitual pretensión, le preguntó a Manolo.

-¡Oye hermanito!, ¿Tú no serías capaz de ayudar a tú hermanita? Pues cada vez que tú me pides algo, yo te ayudo, y esta vez soy yo la que necesita, si yo solicito este favor, es porque creo; !Qué solo tú!, puedes lograrlo.

Su hermano, viendo la preocupación que ella demuestra quedó intrigado y de inmediato trató de saber cual es el motivo de esta inquietud.

-Manolo, contestó. -¡Ah si! ¿Y qué es lo que tu quieres que yo haga?

Y Lourdes suavecita -comenzó a explicar cuales eran sus planes-

-Bueno, como tú eres el mejor amigo de Segismundo, podrías invitarlo a nuestra casa de alguna manera.

-Pues yo quisiera hacer una reunión, o una fiesta, para poderlo traer aquí, para que vea la casa y que el no crea que fui yo, pues me gustaría que tú lo invites como amigo tuyo personal, y así yo tener la oportunidad de hablar con él, porque he visto que cuando me saluda a la salida de la iglesia se muestra tan… amable conmigo; pero no hemos tenido la oportunidad de hacer amistad, y no… en realidad no me gustaría, que se adelante otra de todas esas atrevidas que lo están persiguiendo.

-Porque hay bastantes que dicen que Segismundo está enamorado de alguien del pueblo y todavía no se lo ha dicho, yo quisiera ser la primera que tenga la oportunidad, pues si llega a ser otra, después no puedo hacer nada más, y también no creo que él tenga novia en su pueblo; ¡Como te lo dijo a ti!

-y siguió Lourdes- pues si la tuviera, estaría aquí con ella algunas veces, por ejemplo algún domingo cuando va a misa o con sus hermanas; ¡Él está siempre solo! !Yo lo he visto! La verdad es que nadie lo ha visto con ninguna mujer, y además sale los domingos con los amigos, se va a las fiestas… y está siempre aquí en el pueblo y ¡Sin novia!

Pero Lourdes no le dijo a su hermano, que ya Segismundo le había dedicado una canción declarándole su amor a Carmencita y ella sabía eso; porque se da cuenta, que diciéndole a su hermano la verdad, no logra lo que ella se propone.

Su hermano se quedó sorprendido, y como anteriormente ya había pasado algo en la casa y Segismundo no se interesó por Lourdes, esta vez su hermano la miró con cara de desconfianza.

-Manolo le dijo-

-La verdad Lourdes, es que a mi no me gusta hacer cosas que no son correctas; sobre todo de esta índole y tratándose de mi hermana, no me gustaría que Segismundo, esté pensando que yo lo quiero comprometer, y sin él haber dicho nada; ya la otra vez no quedé muy bien y no me parece correcto tratar ni siquiera de insinuarle que tú estás enamorada de él y

Y sin dejar que su hermano termine, rápida, Lourdes -le dice a Manolo-

-No... tú verás que esta vez no se va a dar cuenta, además no le vamos a decir nada, solo lo invitamos a la fiesta y después veremos, ni siquiera yo estoy interesada en hacerle ver que lo estamos invitando con algún propósito.

-Bueno contestó su hermano, si es así vamos a ver.

Lourdes, tenía al doctor vigilado y sabía todos los pasos que daba, y continúo diciendo.

-Así, si lo invitamos, yo misma le pregunto por su novia, y no creo que Segismundo me va a decir que tiene novia, si no la tiene. ¿Tú qué crees? ¿Me podrías ayudar?

Con ese orgullo desmesurado que tienen en toda la familia, pues el hermano no era mucho más modesto que ella, y después de haber dicho que no quería quedar mal delante del doctor.

-Manolo contestó-.

-Si,... si claro, si es así que no tiene novia te puedo ayudar, pues a mí me gustaría tener a mi hermana casada con un doctor, además; Segismundo es una persona excelente y con una carrera de lo mejor para una vida de bien. -Y terminó, todo sonriente.

-¡Así vamos a ser dos doctores en la misma familia!, si tú quieres organizamos una fiesta ¡A lo grande! -le dijo Manolo-

-Si... -contestó Lourdes- claro eso es lo que yo quiero, ¡Pero me tienes que ayudar!

Lourdes, estaba tan desesperada para mostrar sus riquezas, tanto o aún más interesada que en enamorar al doctor, porque estaba casi segura que si Segismundo ve que ellos son gente rica, no va a tener ningún inconveniente en pedirla en matrimonio.

-y continúo- toda orgullosa.

-¿Qué crees tú que sería mejor? En la casa para que vea nuestro salón lo bonito que lo hemos puesto, y así poderme yo lucir tocando el piano; !Porqué todavía no he tenido la oportunidad de tocar el piano delante de nadie!; !Y yo quiero que Segismundo sepa, que yo sé de música !Para que vea que yo soy una persona elegante refinada y de clase; aunque todavía me falta un poquito; pero no importa, voy a escoger algo bien simple para no equivocarme. Se quedó pensativa un momento, y volvió a decir.

¿O tú crees en la finca? Para que pruebe el vino nuevo, y mostrarle todas las propiedades que tenemos.

Y Lourdes prosiguió, alucinando loca de alegría como si estuviera cantando, entusiasmada creyéndose ella misma todo lo que decía.

-Podríamos hacer carne en la parrilla

Se estaba riendo, y de pronto cambio de semblante y Lourdes toda llorosa -le dijo a su hermano.

-!Hay no, yo no quiero carne! !No sé!; podemos sacar el mejor vino y también invitar otras personas, para hacer una fiesta de lo mejor y así... nos lucimos como lo que somos;

¡Los más ricos del pueblo! se quedó pensando y de pronto -siguió diciendo.

-Y… a…, y también podrías decirle, que si quiere traer a su madre y a sus hermanas, las pobrecitas están siempre dentro de la casa, así nos hacemos amigos de la familia, y vamos a tener un poco más de comunicación; quizás ellas también nos inviten a nosotros. ¿Qué te parece? Que nuestros padres se lleven bien con los suyos, y que agradable sería, poder tenerlos de amigos, ¡Y qué nos visiten!

Lourdes estaba tan apasionada con la idea, que también su hermano, al oír que quería invitar a las hermanas de Segismundo, también él, se quedó entusiasmado, -y comenzó a decir.

-¡Eres genial Lourdes! ¡Estoy impresionado!; no esperaba que tuvieras una mente tan clara brillante.

-Te prometo, que apenas tenga la oportunidad, vamos a preparar esa fiesta, tú busca una ocasión propicia, que yo me encargo de invitarlo y comienza a practicar en el piano; no quisiera que se den cuenta, que tienes tantos años aprendiendo y todavía no tienes mucha practica, me parecería mal que se vayan corriendo; tenemos que evitar cualquier desagrado; al momento que estén en la casa es bien importante que se den cuenta de nuestro gentilicio.

Fue tanta la emoción de Lourdes, que corrió y le dio un abraso a su hermano -diciendo.

-Tú eres el mejor hermano del mundo, tú no sabes lo contenta que estoy; ¡Y como te lo agradezco! si tú quieres que yo haga algo por ti, dímelo, yo con mucho gusto hago no importa qué, lo que tú necesites.

Lourdes de inmediato comenzó a pensar cual sería la mejor ocasión para invitar a don Segismundo.

Como ya había pensado en la finca y estaban preparando una fiesta de fin de temporada, decidió aprovechar la ocasión.

La fiesta que están preparando en la finca, es para dar gracias a dios y también a los obreros que habían trabajado tan arduamente durante todo el año, y preguntó a su hermano.

-¿Oye Manolo? ¿Tú crees que la fiesta que papá va a dar en la finca, sería propicia para invitar al doctor?

Su hermano le respondió.

-Bueno Lourdes, tienes que saber, si tú quieres que invitemos a personas de su clase; ¡O a los obreros! pues yo creo que está muy bien en la finca, pero en otra ocasión.

Lourdes, se quedó pensando unos instantes, sin decir nada estaba atemorizada, en su imaginación se vio delante del piano sonando una tecla con un dedo a la vez, y el doctor y su familia mirándola, como si fuera una chiquilla principiante, de pronto miró a su hermano toda asustada.
-Lourdes le contestó

-Hay... pues de un lado no estaría mal de invitarlo con los obreros, así podemos hacer una bonita fiesta en la finca; !Al aire libre! va a quedar algo más espontáneo y original, para que vea que nosotros sabemos recibir y hacer algo grande; porque también es verdad que no estoy muy decidida a tocar el piano... !Por si acaso no me sale bien! Es mejor en la finca.

Pues a Lourdes lo que le interesa, es hacerse la importante delante del doctor; pero no es muy tonta, tiene miedo tocar el piano y no quiere que él y su familia se den cuenta que a ella le faltan las habilidades; pero todavía está creyendo que si el doctor veía sus riquezas la iba a querer más rápido a ella y

-continuó-

-También su madre y sus hermanas se van a impresionar y podrían interferir en la decisión del doctor; !Por si acaso se enamora de alguien que no tiene nada! así los obreros pueden llevar guitarras y con la música va a estar mucho más animada la fiesta, con folclor y música de la nuestra, y

-Bueno, -interrumpió su hermano Manolo-

-Ahora falta invitarlo, para ver si él tiene tiempo libre el fin de semana cuando vayamos a hacer la fiesta.

Yo voy esta tarde y le hablo para ver que es lo que me dice, si acepta, comenzamos a preparar para que todo salga bien; incluso podemos retardar la fiesta de una semana si es necesario para tener más tiempo, pues no es lo mismo hacer una fiesta para los obreros, que si la haces para el doctor y otros amigos.

Y su hermano Manolo también al igual que Lourdes, -todo emocionado preguntó.

-Ah, y a propósito de las otras personas.

-¿A quién quieres tú invitar? Hazme una lista para yo saber.

-¡Oh, si es cierto! -contestó Lourdes- eso es bien importante, voy a preparar la lista ahora mismo, gracias por recordármelo, pues he estado tan preocupada, que no había pensado en eso.

Después que su hermano se fue, llamó a su hermana Conchita y comenzó a preguntar.

-¿Oye Conchita? ¿A quién crees tú, que sería bien elegante y podríamos invitar para la fiesta del doctor?

Y su hermana un poco ignorante de lo que ella estaba tramando, -Conchita dijo-

-Hay pues... si le vas a hacer una fiesta al doctor, puedes invitar a la señorita Lucrecia, también a mi amiga Pepita, y a la señorita Simona.

Al decir Conchita que invitara a su amiga Pepita, Lourdes cambió de semblante y se quedó mirándola toda contrariada, pues ya Lourdes sabe cuales son las aspiraciones de Pepita, y no estaría dispuesta a concederle una oportunidad en su propia casa, Conchita continuó toda emocionada.

-¡Y también a Carmencita!

Y cuando dijo Carmencita, ahí Lourdes gritó.

-¡No,... no! ¡Esa Carmencita no va a venir a mi fiesta!

-¡Oh! -contestó su hermana Conchita- ah pues si tú no invitas a Carmencita, el doctor no va a estar contento, y además, es capaz que no viene, pues todas las amigas del pueblo están diciendo, que el doctor se peleó en la fiesta del valle con Gabriel, porque no quiso dejarlo bailar con Carmencita.

-¡Oh! No...-dijo Lourdes.

Esto si le cayó mal a Lourdes, es algo que no había pensado, y de pronto volvió a gritar, casi llorando-

-¿Y tú qué crees? Qué yo voy a organizar una fiesta en mi casa, ¿Para reunir al doctor con Carmencita? ¿Y tú qué te estás creyendo? Si yo hago esto ¡Es para mí! Tus verás, el doctor va a bailar conmigo y no va a volver a ver a esa Carmencita...

Conchita toda sorprendida, la miró impresionada al ver la reacción de Lourdes, ya ella sabe que su hermana tiene mal carácter y se había puesto roja y temblando; pero Conchita no esperaba, o ella no sabia esta maquinación de su hermana para atrapar al doctor, y para calmar a Lourdes, -Conchita le dijo-

-¡Ah, a pues perdona!; pero yo no sabía cuál era el motivo, si yo lo hubiera sabido, cuando las otras estaban diciendo que el doctor está enamorado de Carmencita, yo misma le hubiera dicho que eso no es verdad, para que no se estén creyendo lo que no es.

Las palabras que había dicho su hermana Conchita, causaron a Lourdes, un estremecimiento en todo el cuerpo que se quedó temblando con escalofrío, el desespero, los celos y el miedo, que Carmencita se adelante, y como es más joven y bonita le quite la oportunidad; antes que ella pudiera atraer la atención y llevar a don Segismundo a su finca.

Lourdes, comenzó a hacer una lista de todas las viejas del pueblo; matrimonios ancianos y unas cuantas solteronas, que ya estaban desahuciadas para casarse y que no podían por ningún motivo, ser un obstáculo para quitarle al doctor.

Pues Lourdes, no quería tener otra rival que pudiera competir con ella; por lo menos estaba en su finca y era sólo ella la que podía decidir, así estaba segura que el doctor cuando estuviera en su fiesta, no miraba a ninguna otra que a ella.

Como ya Lourdes se había enterado, que fue a la fiesta de Isabel y que bailó con ella, incluso esto la tenía atormentada, ya no era solo Carmencita la que podía y tenía maneras de enamorar al médico, sino también se había presentado otra concurrente, que ella no esperaba.

También Isabel, decía a sus amigas que el doctor estaba enamorado de ella y que estuvo bailando en su fiesta con él toda la noche; si esto llega a ser verdad, ya quedaba muy poco que hacer para Lourdes conquistar a Segismundo, y eso es precisamente lo que ella no quiere que pase.

Por este motivo decidió de hacer esta fiesta en su casa e

invitar al médico, pues Lourdes todavía no había tenido la oportunidad de bailar con él, además ella presenta mejores posibilidades que Isabel, pues sus padres son; ¡Los más ricos del pueblo!

Al día siguiente se fue y compró varias telas de las más bonitas y más caras que había, mandó a hacer varios trajes con la modista.

Como la fiesta era en el campo, también se hizo sombreros que hacían juego con los trajes y zapatos nuevos.

Se preparó de una manera, que pintada y arreglada parecía cinco años menos, y la verdad es que estaba casi bonita con tanto arreglo.

Ya estaba todo preparado para la fiesta, sólo faltaba saber si el doctor aceptaba la invitación.

Lourdes estaba mirando por la ventana desesperada y con suspicacia; pues ya lo había invitado una vez y don Segismundo rehusó asistir a su fiesta, esta vez había utilizado a su hermano para ella estar más segura que don Segismundo, no se iba a resistir.

El, día le había parecido a Lourdes, el más largo de todo el año, pues estaba verdaderamente ansiosa por saber, si el doctor había aceptado.

Llegó Manolo, y al oír el coche Lourdes salió corriendo, y gritó desde la ventana.

-¿Oye Manolo y el doctor que dijo? ¿Es qué lo invitaste?

-¡Oh! -dijo su hermano Manolo- perdona me había olvidado!; pero déjame un momento y tiempo para cambiarme y voy hasta su casa.

-Oh pues no te olvides, porque tengo que estar segura para empezar a mandar las invitaciones a todos los demás.

Así una hora después, Manolo se fue hasta la casa del

doctor.

Una de las hermanas de don Segismundo, que también era joven y soltera, abrió la puerta e hizo entrar a Manolo.

Ellos ya se conocían, el doctor le había presentado a sus hermanas y también se habían encontrado al salir de la iglesia, mismo que a Manolo le agradaba la joven, no había tenido la oportunidad de hacer una amistad con ella, y estaba bien interesado para conseguirlo; de esta manera se le presentó una grande ocasión de lograr lo que el estaba deseando y fue este el motivo por el cual se decidió tan rápido de ayudar a Lourdes.

Después que Pilar presentó su madre a Manolo, Pilar le ofreció un licor o un café al joven, por cortesía él aceptó y comenzaron a charlar.

La señorita Pilar es una joven amable y alegre, hablaba y siempre al terminar la frase reía.

Pilar le pareció a Manolo, la mujer más bella, simpática y agradable, que había visto en toda su vida; cuando dijo que estaba ahí para invitarlas a ellas y a su hermano, a una fiesta en el campo, le pidió que esperaba que las dos hermanas no faltaran.

A Pilar le pareció maravillosa la invitación, y toda emocionada, -dijo Pilar.

-¡Oh que bien!, mi hermano Segismundo no está aquí en este momento; pero cuenta conmigo que voy a hacer todo lo posible para ir a tú fiesta, ¡Has tenido una brillante idea! Estoy verdaderamente complacida que hayas pensado en nosotras para este maravilloso evento, pues como no somos de aquí, mi hermana Adelina y yo, no conocemos muchas personas, el tiempo lo pasamos siempre en casa; ¡Y no creas!, también estamos un poco aburridas, una reunión de estas es lo mejor que nos puede pasar a las dos.

Manolo se quedó sorprendido de la acogida que tuvo su invitación, y al mismo tiempo complacido, pues no pensó que la fiesta que estaba organizando Lourdes, para enamorar a don Segismundo, tuviera una aceptación tan acogedora y agradable, para las hermanas del doctor y sobre todo por Pilar.

Después de conversar un largo rato se despidió e invitó a la señorita Pilar a visitar su casa, cuando ella creyera oportuno,

-y Manolo le dijo-

-Estoy seguro, que no solamente para mi sería un honor y un placer; sino también para mis hermanas, estaríamos todos encantados de su visita.

Y la señorita Pilar, -contestó-

-Muchísimas gracias Manolo, yo también estoy encantada, y mi hermana y yo estamos agradecidas de tú visita y de tú invitación; pues es la primera vez que las dos tendremos la oportunidad de asistir a una fiesta en el campo; hasta luego, que te vaya bien, ya nos veremos en la fiesta y espero que haya buena música para bailar, -dijo- riendo al terminar la frase.

Manolo se despidió y se quedó tan impresionado de la amabilidad de Pilar, -que se fue hablando consigo-

-¡Tengo que dar gracias a Lourdes!; porque a tenido una brillante idea, no solo sería bueno para ella con el doctor, sino creo que he tenido yo también la oportunidad de conocer a Pilar y esto no me lo quiero perder!, Pues hacía años que esperaba encontrar alguien así.

Cuando Manolo llegó a su casa, su hermana lo miraba desde la ventana, ávida de noticias, para saber que había dicho el doctor.

Vio a Manolo todo sonriente y estaba casi segura que había invitado a Segismundo y lo más importante, es que el doctor había aceptado la invitación; miraba a su hermano con la boca abierta, esperando a que diga algo, de pronto Manolo comenzó a hablar y -dijo-

-Pues... el doctor no estaba; pero... ¡Hablé con sus hermanas! ¡Y se quedaron encantadas! yo creo que podemos estar seguros que van a venir a nuestra fiesta, y además; la hermana Pilar me pareció admirable, es bien entusiasta y creo que ella misma va ha hacer todo lo posible para estar aquí.

Y al ver el semblante que puso su hermana Lourdes, Manolo adujo de inmediato tratando de tranquilizarla.

-Ah, y también aparte de la fiesta, la invité para que nos visite en nuestra casa, así como ya tú me habías dicho y creo que también es tú aspiración, vamos a tener una más estrecha amistad.

Y continuó Manolo, para entretener a Lourdes intentando de quitarle el mal humor que tenía reflejado en el rostro.

Verdaderamente... su hermana Pilar me pareció tan agradable y...

Todavía no había terminado, que Lourdes se sorprendió, gritó e interrumpió a su hermano Manolo.

-¡Baya!, pues sí a ti que te gusta su hermana! puede ser más fácil para los dos, primero me diste un susto por no haber podido hablar con el doctor, y después me dejaste sorprendida, pues si... te gusta tanto su hermana, yo voy a tratar de hacer todo lo posible para ser su amiga.

Y Lourdes, -continuó- pensando que de alguna manera podía llegar a lo que ella pretende; de pronto se le pasó el mal humor, cambió de actitud y toda emocionada, hablando sola, con el entusiasmo comenzó a desquiciarse.

-Además; me parece tan bien todo lo que nos está pasando, pues de esta manera si a ti te gusta la hermana y te haces novio de ella, el doctor se va a ver comprometido contigo, y estoy segura que si lo invitamos a la casa, se va a dar cuenta que nosotros somos, la más importante familia del pueblo, porque el día que estuvo acá para decirte que tenía novia, con toda la confusión no vio nada, esta vez le voy a enseñar toda la casa y seguro que le va a pedir permiso a papa para visitarme.

Y hablando como un delirio, comenzó a bailar dando vueltas, con los brazos en el aire, después frotándose las manos, -continuó Lourdes-

-Y se va a poner a hablar conmigo... y va a querer ser mi novio,...y no va a mirar a nadie más; porque le voy a poner una persona para que lo cuide, y a esa Carmencita no la va a volver a ver.

Lourdes se había emocionado tanto, que con la exaltación que tenía, no sabía nada más que decir, y hablaba como si estuviere desquiciada; cuando su hermano oyó que hizo alusión, a tener que cuidarlo para que no se evada, se sorprendió, -y Manolo le dijo-

-¡Mira Lourdes!, que no es bueno que alguien pretenda casarse contigo porque se ve comprometido por un hermano, o por un padre, o porque ve que tu eres rica, y se da cuenta que tienes dinero y propiedades; además... ¡Si lo tienes que cuidar!, eso no me parece bien.

Manolo continuó tratando de aconsejar a su hermana para disuadirla, de lo que estaba pensando hacer.

-Y aconsejó a Lourdes de esta manera-

-Lourdes, yo creo que sería mejor que sea por amor y no por obligación, porque el matrimonio es para toda la vida y es bueno que los dos se quieran, yo por lo menos cuando yo me case, ¡A mi me gustaría que sea por amor! Si no es así, no creo que me vaya a casar.

A este punto Lourdes, al oír lo que dijo Manolo se quedó mirando, dejó de bailar, dejó de hablar, se quedó taciturna, casi temblando, miró a su hermano tristemente; después de haberse alegrado tanto que hasta bailaba sola, cambió de semblante y se estaba poniendo a llorar; pues ya Lourdes sabía que el doctor no estaba, ni siquiera interesado, en ella.

No sólo decían, que estaba enamorado de Carmencita, sino que también habían bastantes en el pueblo con sus mismas intenciones, este podría ser un caso difícil y desesperado para Lourdes; pero todavía tenía esperanzas y pensaba que haciéndole fiestas y mostrándole que es rica, él podía cambiar de opinión y decidirse por ella; por eso siguió preparándose un poco más, y se hizo los sombreros para parecer más bonita y ocultar la oreja, pues Lourdes no tenía ningún problema; sólo era un complejo que se había creado ella misma. Ahora le parecía que por culpa de haberle dicho al doctor la complicación que tiene, ¡La había rechazado!. O no había mostrado ningún interés por ella.

Muchas veces lloraba, pensando que es por eso que no conseguía novio; sin pensar que ella no quiere cualquier novio, Lourdes quiere uno exclusivo para ella. Ahora estaba poniéndose bonita para conquistar a don Segismundo, y tiene pánico que la rechace o que no tome ningún interés por ella, ese es el motivo que la tiene preocupada.

No había pensado, si era verdad que el doctor estaba

enamorado de Carmencita, para Lourdes por su desdicha, a don Segismundo no lo iba a poder atrapar.

Así lo pensó un poco más, y con un voz grave le

-dijo a Manolo- ¡No te preocupes hermano!, yo voy a tratar que sea por amor, si se enamora de mi, yo me voy a dar cuenta, y si no es así y no me quiere, para que lo quiero yo a él.

-Por ahora vamos a hacer la fiesta y veremos si da resultado; porque también es verdad que ni el doctor ni yo, no hemos tenido la oportunidad de conocernos bien, y también seguro que es por eso que Isabel se adelantó y lo invitó primero, pues en una recepción de este tipo hay mejores posibilidades que visitándolo en su consultorio, !Y tú ya me conoces!; yo no quiero tampoco pasar por una tonta, yendo a su consultorio como han hecho las otras, no me gustaría que él crea que estoy tratando de enamorarlo, a mi tiene él que rogarme, si quiere que yo sea su novia.

-Así el doctor va a pensar que tu lo estás invitando por tu cuenta y que yo no se nada; ya veremos el día de la velada, yo me hago la sorprendida para que no vea el motivo, o si yo tengo un determinado interés por él.

-¡Eres fantástica Lourdes! -dijo- su hermano, él con un desmesurado orgullo, por lo visto también Manolo creía lo mismo que Lourdes, pues ya estaba pensando que él también podía impresionar a Pilar con sus riquezas y por eso -dijo-

-Ahora sigue preparando, tú vas a ver que todo va a salir como nosotros queremos; pues tenemos todas las condiciones en la mano para hacer mejor que Isabel, nadie en el pueblo va a ser capaz de hacer una fiesta en su casa como nosotros, tú verás que se van a quedar admirados; tanto las hermanas Pilar y Adelina como Segismundo, se van a quedar estupefactos, nuestra fiesta va ser imponente, !La mejor!

-Bueno, será mejor que me vaya, ya se hizo tarde, buenas noches hermana, por fin vamos a poder mostrar lo que somos, y gracias otra vez, has tenido la más brillante idea que a nadie se le puede imaginar, eres genial Lourdes, hasta mañana. saludó Manolo.

Después de haber pasado todo un día esperando por la noticia, la inquietud hacia temblar a Lourdes, pues todavía no sabía si el doctor aceptaba ir a la fiesta.

Cuando llegó su hermano quiso saber si pasó por la casa del doctor, y Lourdes de nuevo desde la ventana -preguntó-

-¿Oye Manolo, qué pasó? ¿Es qué hablaste con el doctor?

Y su hermano respondió, un poco sobrecogido, e

Intimidado, pues ya él sabía que a Lourdes no le iba a gustar la respuesta, y no le quedó otro remedio que decir la verdad

-Manolo lentamente comenzó a decir-

-Ah si... pase por ahí... hablé con Segismundo, dice que este fin de semana tiene servicio en el hospital; pero si es seguro que sus hermanas... Miró a Lourdes y dejó de hablar un instante.

Su hermana se puso roja en la cara, y Manolo no sabía como decirlo, para que la noticia no le hiciera tan mal a ella, de pronto no le quedó otro remedio, que continuar hacer frente a la realidad, -y terminó diciendo-

-Sus hermanas, van a estar con nosotros en la fiesta, ¡Y por lo menos ya es algo verdad!

Al decir Manolo que el doctor no puede asistir a la recepción, vio el semblante de amargura que puso Lourdes, trató de seguir hablando para distraerla, y

-volvió a decir-

- No te preocupes hermana, que después seguro nos van a invitar a su casa.

-¡Oh Señor!- -Exclamó Lourdes-

Cerró la ventana de un golpe, ni siquiera le dio respuesta o explicaciones a Manolo, se quiso quitar el traje que tenía puesto, y la desesperación era tan grande, que se arañó el rostro con las uñas, estaba tan encolerizada, que botó el traje en el suelo y lo pisoteó.

-¡Porqué asistió a la fiesta de Isabel y a la mía no!

-Dijo- Lourdes gritando.

Le dio hasta un dolor de estomago, estuvo todo el día preparando y esperado por la respuesta, y ahora dice que no puede asistir. Había organizado la fiesta con la ilusión que el doctor estuviera allí para bailar con él; quería mostrarle sus grandezas y sus trajes nuevos, había hecho todo lo que estaba a su alcance para impresionar a don Segismundo, hasta los sombreros la tenían ilusionada, a ella le parecía que cuando el doctor la viera seguro, que no se iba a resistir.

De pronto se le arruinó todo de un golpe, y cambió la realidad, bien enojada hablándose a si misma -dijo-

-Y lo único que he conseguido, es que sus hermanas ¡Vengan a divertirse en mi finca!

Le entró un mal humor, que no quiso ir a cenar, ni ganas de hablar con nadie, se fue a la cama y casi no pudo dormir esa noche, se le había caído el mundo encima.

Al día siguiente, las hermanas del doctor, Pilar y Adelina, se estaban preparando para la recepción, Adelina preguntó a su hermana Pilar.

-¿Y tú que te vas a poner?.

-No sé Adelina, -contestó Pilar- a mí este traje no me

gusta, creo que voy a comprar una tela y lo hacemos para el domingo, ¿Qué te parece?

Pilar toda ilusionada continuó.

-También pensé, que sería bueno saber como van a estar vestidas las hermanas de Manolo, para que sea algo original y no diferir mucho unas de otras.

-¿Adelina, porqué no llamas tú para saber? Podrías hablarle por teléfono, sería bueno que la llames tú, una de ellas se llama Lourdes.

Así Adelina, llamó a Lourdes para preguntar que tipo de recepción y como iban a estar vestidas.

Lourdes no quiso dar a entender el desagrado que tiene y respondió sonriendo haciendo imaginar a Adelina que ella estaba toda emocionada y feliz de tenerlas a ellas invitadas a la fiesta.

-Si,… si, es una fiesta campestre, -contestó Lourdes- nada formal, yo he preparado unos trajes con flores, zapatos abiertos y hasta un sombrero, creo que va a estar muy bonita esta fiesta, comentó; ¡Que lastima que el doctor no pueda estar allí!, me dijo mí hermano… terminó, y sin darse cuenta suspiró.

Pero para quitar importancia y no darle a entender a las hermanas de don Segismundo, el motivo por el cual ella estaba preparando la fiesta, y no queriendo que Adelina se de cuenta que ella está rabiando por dentro, Lourdes continuó diciendo en medio de risas.

-De todas maneras otro día será, por lo menos nos vamos a divertir nosotras, estoy esperando que llegue el día para poder bailar y cantar.

Y las dos se rieron, pues también Adelina, estaba deseando poder asistir a una fiesta en el campo. Así, mismo que Lourdes estaba triste y decepcionada por la ausencia del doctor, no lo dio a entender a las hermanas de don Segismundo.

Más tarde ella también pensó, al igual que su hermano, que ya era un paso adelante, para después tener la oportunidad de hacer una amistad con las hermanas, y así podría ser más fácil; ya sea de invitar al doctor, o de que la invitaran a ella en su casa.

CAPITULO 20

EL JOLGORIO SE VUELVE HASTIADO

Llegó el día de la fiesta, estaban todas vestidas con trajes de verano, floreados y de colores; como Lourdes había hablado de sombrero, pues las hermanas de don Segismundo, también se pusieron sombrero.

El doctor contrató un chófer, para que condujera a sus hermanas, hasta la finca de los padres de Lourdes. Al llegar salieron a recibirlas los obreros y Manolito detrás, tocando sus guitarras y cantando un aire de bienvenida que decía así.

Y sean las bienvenidas
Las hermanas del doctor
Para bailar en la fiesta
Como así deseo yo
Pues las dos están preciosas
Y para mi es un honor
Tenerlas como invitadas
En la finca sí señor
Manolito las Saluda
A Pilar y a su hermana
Que bailen toda la noche
Hasta amanecer mañana

Después de oír esto, las dos hermanas saludaron a

Lourdes y a Conchita; manifestando lo maravilladas y encantadas que estaban, por tan agradable acogida.

Manolo, se sumó al grupo y se mostraba muy contento y excitado, las saludó a las dos calurosamente y con efusivos abrazos, ellas estaban totalmente emocionadas, brindaron y comenzó la música.

Manolo quiso bailar solo con Pilar; pero se tomaron todos por las manos y a los dos no les quedó otro remedio que seguir la rueda, bailaron al rededor de las mesas, primero hicieron una ronda, bailaron todos juntos e incluso los obreros, las otras personas que estaban en la fiesta, les acompañaban tocando las palmas de las manos, y cantando esta canción.

Una isla luminosa
Un paraíso de amor
Una brisa que sonrosa
Una guitarra que suena
Y los obreros que saltan
Y bailan el tajaraste
En la boca una sonrisa
El vino tinto que alegra
Los corazones palpitan
Para alegrar en la fiesta
De Lourdes y Conchita
Con todos sus invitados
Y Pilar y Adelina
Las hermanas de doctor
Que dieron con gentileza
A Manolito el honor
De bailar en nuestra fiesta
Y brindemos todos juntos

Con alegría y amor

Después de un largo tiempo bailando, llegó la hora de la comida, varias mujeres que habían contratado para la ocasión, pusieron los manjares y el vino en las mesas, había de todo con una grande abundancia; pues Manolito y Lourdes, hicieron todo lo posible, para hacer una grande fiesta, y quedar delante de las dos hermanas de don Segismundo, como lo que ellos querían presentar; la gente más rica del pueblo.

Antes de comer, el padre de Lourdes se preparó, para dar las gracias a Dios, a sus Obreros y a los invitados de la fiesta

-y dijo así-

En esta tarde soleada
La tierra maravillosa
Y bendecida por Dios
Yo quiero darle las gracias
Por toda su bendición
Pues nos ha hecho vivir
Trabajando y con pasión
Nos da el pan todos los días
Y paz en el corazón
Yo doy gracias a mi gente
Que han puesto gran devoción
Para trabajar la tierra
Con valor y con tesón
Gracias a los invitados
Que nos han hecho el honor
De venir a nuestra fiesta
Con alegoría y exaltación
Y brindemos todos juntos

Por una vida mejor

Al terminar, el señor don Ricardo, recibió una ovación que parecía infinita, las personas que allí estaban, se quedaron maravilladas de su locuaz sabiduría, y cuando ya el creyó oportuno, pidió que comenzaran a comer y a beber, lo que quisieran.

Todos estaban contentos por la fiesta, y don Ricardo aprovechó la ocasión; ¡Para dar aunque sea las gracias, a cada uno de sus obreros! por el buen trabajo que habían hecho, pues sin ellos y el ¡Sacrificio de todos, durante todo el año!; como ya el dijo ¡La finca no hubiera sido nada!

Cuando ya los comensales se fueron retirando de la mesa, dejaron un espacio libre para bailar, ahí comenzó la música y de nuevo comenzaron todos a bailar.

Manolo esta vez se puso a bailar solo con Pilar.

¡Los dos se olvidaron de todo!

Las otras tres jóvenes, o sea Lourdes, Adelina, y Conchita, se quedaron sin saber con quien bailar, pues ¡Con la idea tan genial! que había tenido Lourdes, de no invitar gente joven, sino la mayoría ancianos; con el propósito de tener al doctor solamente para ella, se quedaron todas incluida ella misma, sin pareja, sentadas hablando y oyendo la música.

Ya cuando se estaban medio aburriendo, y decepcionadas por estar sentadas; Adelina se estaba arrepintiendo de haber ido en una fiesta, creyendo que iba a divertirse y no poder bailar. Adelina, había decidido que quería marcharse, llegaron unos cuantos jóvenes obreros, que las vieron solas y las invitaron a bailar.

Adelina aceptó encantada, pues para ella la fiesta le estaba cayendo un poco pesada, se había ilusionado; porque quería distraerse como cualquier joven y estaba llegando el momento de la desilusión, había visto a los jóvenes solos, y ¡Sin tener con quién bailar!

Ya ella se había dado cuenta, que uno de ellos no dejaba de mirarla y Adelina también le echaba su ojito de vez en cuando; ellos no se atrevían a invitarlas por estar acompañadas de Lourdes, y Lourdes ya tenía fama de ser una persona de mal carácter.

Este joven que miraba, a Adelina, por fin se decidió, al ver que ella le sonreía fue y la invitó a bailar, Adelina se quedó encantada y rápido aceptó.

Bailó con Alejandro, un joven bien simpático y los dos hacían una bonita pareja, él sabía bailar muy bien, y también tocaba la guitarra.

Después de bailar juntos varias veces, Alejandro dio un concierto de guitarra y lo dedicó a Adelina.

Para Adelina, la compañía de Alejandro le resultó agradable y ya ella no quería dejarlo más, por lo menos para esa noche seguir bailando.

Él también estaba sorprendido, de la amabilidad de Adelina, entre tanto se paró la música y se sentaron. Como ya Adelina había bailado con Alejandro, estaba esperando que él, la volviera a invitar.

Una de las señoritas, un poco mayor que ellas y que estaba sola, pues no había ni un caballero que la invitara a bailar; pero al ver que Alejandro había estado bailando con Adelina, creyó que ella también podía hacer lo mismo, se aproximó a Alejandro y ella misma lo invitó, lo asió por la mano y sujetándolo bien fuerte comenzó a caminar hasta el centro de la plazoleta, donde estaban bailando.

El pobre Alejandro se vio comprometido y no quería dar un empujón a la señorita; estaba cerca de don Ricardo y no le quedó otro remedio que bailar, porque la señorita lo sujetó y sin soltarlo llevándoselo abusivamente lo obligó a bailar con ella; la señora era un poco ancha de atrás a adelante y bailando el pasodoble con el estomago a Alejandro empujaba, que recular otro remedio no le quedaba, mismo que cada vez que pasaba por delante de Adelina, la miraba desconsolado y le hacía un gesto como queriendo decir "Después vuelvo" pero el después fue un poco largo, porque la señorita se las arregló de una manera, que no lo dejaba escapar.

Cuando se paró la música, Adelina vio que él quería ir a hablar con ella y la dama no lo soltaba

Fue donde estaban ellos, se sentó al lado de Alejandro y comenzó hablar con él.

Al momento que volvió a comenzar la música, inmediatamente, Alejandro sin decir nada, rápido antes de dar tiempo a que la otra señorita se diera cuenta; sujetó a Adelina por la mano y corriendo salieron los dos a bailar, ella no hacía sino reírse, pues estaba de lo más feliz al volver de nuevo, a bailar con Alejandro; para Adelina el joven le pareció bien atractivo y encantador.

Mientras estaban bailando la señorita comenzó a correr detrás de ellos, Alejandro le pareció mal decirle algo; pero Adelina se soltó de las manos de Alejandro y se plantó delante de la intrusa y le quiso hablar, con el ruido de la música no se oía mucho, -y Adelina dijo casi gritando-

-Bueno señora, ¿Qué le pasa a usted?

-¿No se puede quedar sentada? ¿O es que pretende seguirme toda la noche? Porque le voy a decir, que Alejandro va a bailar conmigo toda la noche, ¿Verdad Alejandro?

-Y Alejandro un poco inquieto por encontrase en semejante situación; porque en el pueblo se conocen todos los habitantes, y a los más ricos o con propiedades, los más pobres le tienen miedo, pues al momento que hay una controversia con alguno de ellos; los otros no le dan ni trabajo, por eso con timidez y mucho cuidado, Alejandro le -dijo a la señorita-

-Si claro, perdone señorita Simona; pero ya estoy comprometido, antes no quise decirle nada para bailar un poco con usted y...

Al verse contrariada de esta forma, la señorita no dejó ni siquiera que Alejandro terminara de disculparse, avanzó dos pasos hacia adelante tan frenética, que quiso abalanzarse encima de Adelina; pero Adelina se apartó rápido de un lado y la señorita dio unos traspiés; sin poder mantener el equilibrio, fue a caer encima de dos viejos que estaban sentados hablando bien entretenidos al otro lado de la mesa. Los pobres ancianos al ver que algo pesado se le había caído encima, se pusieron a gritar, y todos los asistentes a la fiesta corrieron a socorrer a los dos abuelos.

Cuando vieron caer a la señora Simona, las otras personas corrieron a recogerla y ella ya no sabía que decir.

Ya no solo estaba pasando vergüenza, por haberse dejado quitar al joven con el que estaba bailando, que ella pensaba que ya se había apropiado de él, y que podía bailar toda la noche a su antojo; también por haberse caído de una manera tan desagradable, pues quedó toda avergonzada; al perder el equilibrio, cayó al suelo con las piernas en alto y la mayoría de los invitados la estaban mirando, los dos ancianitos no pudieron ver nada porque quedaron medio aplastados.

Poco a poco doña Simona, se fue levantando ayudada por otras jóvenes, se sacudió para ponerse bien la ropa, quitarse unas hojas secas que se le habían pegado, y salió diciendo toda llorosa.

-Esta me la van a pagar, esto no se lo perdono.

Era tanto el enojo que tenía, que no sabía que decir, se aproximó a don Ricardo y le reclamó.

-¡Usted tiene un obrero mal educado! ¡Me dejó plantada! !Me hizo caer al suelo!

Don Ricardo, no se había percatado que la dama estaba embriagada, y no había visto la escena, o lo que pasó cuando se cayó, como era la fiesta para homenajear a los obreros, no quería molestar a ninguno; pero eso de hacer caer a una señora amiga suya no lo podía tolerar -y le dijo-

-No se preocupe señorita Simona, que yo me voy a ocupar de eso: Aquí en mi finca se respeta a mis amigos; quiso saber lo que pasó, llamó a su hijo y le preguntó; pues Manolo estaba bailando con Pilar y un poco contrariado, -le dijo a su padre-

-No te preocupes papá, yo me voy a informar y voy a tratar de arreglarlo lo mejor posible, es bien desagradable que se haya caído la señorita Simona, y voy hacer todo lo que esté a mi alcance, para que nadie salga perjudicado.

Así se fue directo a Alejandro, para preguntar lo que había pasado.

Alejandro y Adelina lo vieron que se dirigía así a ellos, Adelina pensó que Manolo le iba a reclamar a Alejandro, y como Adelina es una joven dispuesta, que no se deja amedrentar por nada, y no le tiene miedo a los parroquianos, antes que Manolo dijera una palabra, comenzó ella a explicar, que es lo que pasó.

-Mira Manolo, esta señorita se abalanzó delante de mí, !Como para pegarme!, yo me quité y ella se cayó, yo lo siento mucho; pero no tuve la culpa y esta situación no me agrada.

-A pues yo también lo siento mucho; ¡Perdóname Adelina! ¡Tu eres mi invitada! y me desagrada bastante, tanto como a ti, que te haya sucedido este percance, precisamente esta noche que para mi también es un grande inconveniente,

-dijo Manolo- se ve que la señorita Simona, tomó un poco más de vino del que debía tomar.

-¡Discúlpame Adelina! ¡Para mi también es bien desagradable; voy a tratar de arreglarlo lo mejor posible. Le puso el brazo por encima del hombro de Alejandro -y le dijo- No se preocupen y síganse divirtiendo, que para eso es la fiesta.

Pues a Manolo, tampoco le gustaba la situación y menos tratándose de la hermana de Pilar.

Justamente el primer día que estaban bailando Manolo con Pilar, tratando de conocerse hacer una amistad, y que Manolo y Lourdes habían hecho un gran esfuerzo para que todo saliera bien, y se presenta la señora bailarina achispada, con esta complicación; también de Alejandro, que es uno de sus mejores obreros.

De esta manera, se dirigió hacia la señorita Simona, y se disculpó diciendo.

-Le ofrezco mis disculpas señorita Simona, pues ha sido un inconveniente desagradable para todos; pero en realidad no ha sido intencional y queremos que continué la fiesta.

Manolo, de nuevo ofreciendo una copa de vino a la señorita, tomó otra para él, -y dijo-

-Brindemos por la alegría, los obreros, los invitados, la música y bailemos todos juntos; ¡Que viva la fiesta!

Y de esta manera, se pusieron a cantar y a bailar, otra vez todos juntos alrededor de las mesas, así se volvió a animar la fiesta, hasta el amanecer.

Entre tanto Adelina y Alejandro, continuaron bailando y se dieron cuenta que los dos tenían los mismos gustos, y que se encontraban bien estando juntos, de ultimo cuando ya se retiraban, quedaron en que se volverían a ver.

CAPITULO 21

ENCUENTRO DE CARMENCITA
Y SEGISMUNDO

*P*asando los días Carmencita llegaba del colegio y Don Segismundo la estaba esperando: Había pensado de no encontrarse otra vez con Segismundo, hasta no saber exactamente la verdad de su supuesto noviazgo; pero al verlo fue a si a él y se abrazó sin pensar nada más. Segismundo la abrazó también y le preguntó, ¿Porqué te estás escondiendo de mi? !Tú no te has dado cuenta que te quiero más que a mi vida! Carmencita inmediatamente aprovechó la ocasión y ella también le preguntó.

-¿Sólo quería saber si es verdad que tu tienes otra novia?, eso es lo que me ha amargado mi vida; pero ahora ya no me importa, pase lo que pase, voy a luchar con quien sea; pero a ti, no te voy a perder, !Tú también eres mi vida!; Y es a ti que yo quiero.

Segismundo se dio cuenta que es necesario aclarar lo que había pasado, y que Carmencita tiene derecho a saber la verdad de todas las habladurías que hay en el pueblo; comentarios que lo han perjudicado y que si no lo aclara, Carmencita tiene razón de desconfiar de su amor y de su integridad -y don Segismundo le dijo-

-!Yo también es a ti que te quiero!; Y quiero que sepas !Que yo no tengo novia en ningún sitio! !La única mujer que quiero eres tú!, lo demás no es verdad.

Y de esta manera comenzó a contarle lo que había pasado en casa de Lourdes, con el deseo de tranquilizar a Carmencita, los dos caminaron juntos sujetándose por la mano y seguros de su amor.

Segismundo ya había vuelto a hacer la paz con Carmencita; los dos estaban enamorados uno del otro y nada ni nadie podía separarlos; hasta que se presentó otra complicación, que ninguno de los dos enamorados esperaba y que volvió a enturbiar el grande amor, de Carmencita y Segismundo.

FIN